the best is yet to come

判答

作品

①

你要相信，最好的总会到来

北京联合出版公司
Beijing United Publishing Co.,Ltd.

图书在版编目（CIP）数据

你要相信，最好的总会到来：让岁月赐你铠甲，愿好姑娘光芒万丈 /
判答著. -- 北京：北京联合出版公司，2016.11
　　ISBN 978-7-5502-8942-0

Ⅰ．①你… Ⅱ．①判… Ⅲ．①散文集－中国－当代 Ⅳ．①I267

中国版本图书馆CIP数据核字（2016）第249078号

你要相信，最好的总会到来

出　品　人：唐学雷
选题策划：索析工作室
特约编辑：李珊珊
责任编辑：喻　静
装帧设计：▨ 格·創研社　SQUARE Design
　　　　　　　　　　　　BOOK QQ:418808878

北京联合出版公司出版
（北京市西城区德外大街83号楼9层　100088）
北京联合天畅发行公司发行
北京新华印刷有限公司印刷　新华书店经销
字数200千字　700mm×1000mm　1/32　8印张
2016年11月第1版　2016年11月第1次印刷
ISBN 978-7-5502-8942-0
定价：39.80元

Contents　推荐序 / 闾丘露薇

自序 / 你要去奔向，比现在更好的未来

01 ｜ 努力和勇敢，永远不可或缺

动真情的女人手里都熬着一服自己的五毒散，一意孤行，
奋不顾身，所向披靡，没有别的筹码，赌的只有运气。

为什么是她追到了男神　　　　　　　　　　　　*8*

在丢失的时间里，变成更好的人　　　　　　　　*15*

追人和拒人，没必要用力过猛　　　　　　　　　*20*

好人易做，备胎难当　　　　　　　　　　　　　*25*

别以为下一个会更好　　　　　　　　　　　　　*29*

即便是相亲，也是缘分　　　　　　　　　　　　*34*

愿你遇到相濡以沫的爱情　　　　　　　　　　　*38*

人生百态，失恋后最见真态　　　　　　　　　　*42*

吵架的行为艺术与进阶修炼　　　　　　　　　　*47*

02 | 社会尤物，感情动物

每种关系都会在时间的教唆下热胀冷缩，时而捆绑希望，时而助长疯狂，它越不疾不徐，我们越诚惶诚恐。

黏人小姐"索陪记"   54

爱情的窗户纸，总得有人捅破   59

恋爱饥饿症患者的空窗期   64

男人的世界，也有绿茶   69

姑娘，你可以有野心，但不能没心肝   74

解 high 王的圣战   80

爱人不疑，疑人就别爱   85

人生本该畅快前行，无须活得如履薄冰   90

03 | 那些爱过的人，和走过的路

如果每个人都能用自己的一部分去医治另一个人的伤，那是不是痊愈的过程就会更轻松愉快，更易如反掌？

别谈钱，谈钱伤感情　　　　　　　　　　　96

看脸小姐的马卡龙定理　　　　　　　　　　100

人生哪来这么多导师　　　　　　　　　　　105

梨可以让，爱情不能　　　　　　　　　　　110

不好意思，你想多了　　　　　　　　　　　114

懊悔先生的心中长了朵那时花开　　　　　　118

给极品前任烧个纸　　　　　　　　　　　　123

感情如花草，慌不得也急不来　　　　　　　129

04 │ 姑娘，别跟自己过不去

真爱你的人，绝不会让你走到鞠躬尽瘁油尽灯枯这一步，除非，是你非逼自己这么干。

爱情能让我们牺牲到什么程度   *134*

爱情的坟坑前，骗子都特坦白   *139*

姑娘，爱一个人最不能缺的是常识   *144*

从来就没有无缘无故的劈腿   *150*

防火防盗防闺密   *155*

如果爱上一个不该爱的人   *161*

可以为老板卖命，但绝不能动心   *165*

活不明白的毕业季   *169*

05 | 生活从来都宽容任性的人

冷和暖之间，变换的是四季，死磕的是人心。那些柔软的漏洞啊，既容易攻克又难以说服，若能一见如故，酩酊大醉又如何，反正，生活从来都宽容任性的人。

都什么年代了，我们凭什么被逼婚　　　　　　　174

憋出一肚子内伤的"好人"　　　　　　　　　　179

姑娘，不要去追求无比正确的人生　　　　　　　183

那些生命中义无反顾的倔强　　　　　　　　　　187

输赢，不过是种姿态　　　　　　　　　　　　　191

有趣，比漂亮更圈粉　　　　　　　　　　　　　195

大龄女青年入场券　　　　　　　　　　　　　　199

大龄男青年入场券　　　　　　　　　　　　　　203

社会是最好的驯化师　　　　　　　　　　　　　207

06 | 人生如戏，狼狈未见

我一直觉得，每个人都有必要跟自己建立一个长期有效的对话机制，以便在这个动荡的世界里负隅顽抗。

既然这里留不住，那就往前走　　　　　　　212

没有不奇葩的上司，只有揣不明白的职场　　216

所有的依赖癖，都是该戒掉的瘾　　　　　　220

有一种告别，总让你猝不及防　　　　　　　224

成长中那个别人家的孩子　　　　　　　　　227

这世间山长水远，愿你活得不纠结　　　　　231

火警时间里孵化的淡定　　　　　　　　　　235

人生如戏，狼狈未见　　　　　　　　　　　239

后记

推荐序 / 闾丘露薇

说来真的很巧，从浸会到凤凰，虽然我和判答的年龄差了很多，但是人生中有一段时间，我们走在了同一段轨迹上。现在，我们都在美国，虽然在不同的城市，做着不同的事情。总之，算是有缘。

我是带着好奇来看书中的文字，毕竟，判答非常年轻，我算是长了一辈。我很想知道像她这样的年轻人会关心些什么，在想些什么。我必须承认，我们的想法有很大的差别，对于生活，对于文字，对于很多的事情……但是这并不妨碍我阅读这些文字，因为正是因为不同，更是让我觉得有阅读的需要。我尝试通过她的文字，换一个角度来看这个世界。

我想我和判答都很幸运，因为我们可以相对比较自由地选择自己想要生活的城市，甚至是国家。在中国人里，其实我们算是很少数的一批人。

也因为这样，我总是觉得，对于那些没有能力选择自如的人们，要多一些设身处地，多从对方的角度来思考问题，因为毕竟，置身事外看一个充满了问题的领域，进行指责总是要容易得多，但是却常常可能会忽视局中人的努力，以及失去了解这些人为何愤怒，为何努力的动力和能力。

文字是很神奇的东西，可以让阅读者穿越时空，去感受一个陌生的天地。通过这里的文字，我看到的是一种对我来说，算是有些陌生的生活和思想状态，也因为这样，我愿意通过她的文字，好好地去了解。

每个人对于同一本书、同一段文字，会有不同的解读。不管这本书带给你共鸣还是好奇，至少对我来说，对于判答愿意用文字来进行分享充满感激。分享的人多了，才存在沟通和理解，才能形成一个社群、一个社会，而不是一颗颗孤单的原子。

自序 /
你要去奔向，比现在更好的未来

在突发奇想时，我曾大胆假设，如果开个拍卖行，里面陈列着人们的过去，举牌敲槌时会是什么景象？虽然无法猜出成交的金额和规模，但能确定的是，那些价值连城的，一定不是表面耀武扬威的谈资，反而有些被遗弃或故意深藏的，倒更容易变成黑马，一出场就艳压群芳。

过往的价值，常常要在一个时间段后才会慢慢显现，它跟年龄并不成正比，许多人正是因为吃了太久回忆这口粮，才扼杀了自己继续尝试、醒悟，以及蜕变的可能。而决定一个人未来生活质量的，不是曾经的经历，而是你对待这些经历的心态。

不知道从什么时候开始，我们生活的计数单位，从年变成了一个个事件。所有标志性的印记都在恰如其分地指挥着芸芸众生的行为官能。在恋爱中重塑心跳，在失恋里画地为牢，在择业、跳槽，或是自食其力中跌倒和奔跑，在那些里程碑一样的体验中看到一个个更清晰的自己，从初具雏形到羽翼丰满，大起大落或是大彻大悟，不需要任何催化剂，就能长成比昨天更为完整的模样。

这些模样，有的忧伤，有的漂亮，没有人能光凭猜测去臆想出别人身后的影像。越淡定的表情之下，也许越是藏着深不见底的疑惑和不安。我们越用力地寻找支点架空迷茫，就越没办法抵挡突如其来的沮丧。所有人都在日复一日的追赶和盘桓中，尽力遮掩，低调承担。因为昨天的芒刺在背而为今天妥协，对着明天忍耐，自然就来不及张望，即将到来的晴空和艳阳。

我们常说，既往不咎，可既往已有，为何不仔仔细细地问明来意，又为何要让过去的意义白白丢掉？如果只是哭过、笑过、得意过、沉默过，又怎么知道自己的感情从何而生，又向何而去？莫不如跟他推心置腹地谈谈，起码，能够悟出一点道理，解开一些谜题。

我写这本书，也多是出于这样的心意。虽然没想过那些故事，那些自己和别人的往昔最后可以真的成为一篇篇章节，一个个段落。但我却一直相信，我们之所以耗费了太多的心血与执念，终究是忘记了眼前还有更长的路。当下的一转身或是一迈步，只有细微的不同，而这不同背后，也许才注定了此后的天壤之别。

这些年来，我在媒体圈摸爬滚打，庆幸遇到了那么多陌生人。我们从互不相知到彼此熟识，各自带着故事和对这世界的感想交叉而过，有些再度遇上，有些则再无声响。在微博里，在我创立的微信公众号"判答占星"中，在凤凰卫视、网易、土豆等媒体平台上，我和你们用不同的方式交流，倾谈，甚至还有争论。大家都是一样的，会偶有交替地发光暗淡。有些路已经走完，手里却还是空无一物；有些人已经错过，心里却难免难分难舍；有些故事明明烟消云散，却还是忍不住时时把玩。就像小时候第二节课间的眼保健操，永远都按不到穴位上，永远在半睁半闭的假寐中不得要领。

不说，不代表不存在；不解释，不代表已经释怀。

在这本书中，所有的故事都有一点点熟悉，一点点锋芒，它在你毫无防备下倾巢出动。他们统统一字排开，有的人并未挣脱，有的人仍在困惑，没有人能定义，究竟什么才是真正清醒的姿态。还有一些如狼似虎的阴影，要谢谢这些负能量的偶尔光顾，让我们早些看出，早点认出，便能早一步同它们分道扬镳。所有见过的人，做过的事，让我们更无力，更欢喜或更有勇气的，真的都不是到此为止。对和错并不重要，重要的是，所有的角色都尚未完结，命运给当下的每一分、每一秒，都是最恰当的安排，你要相信，最好的，还没有到来。

我想做的，不只是记录，更是想提醒，每个句号后面都是留白，剩下的，给你来猜。

所以，比起过去，未经历的才更香醇浓烈，随着它的制造工序越来越复杂，成熟期越来越长，我们有十万个理由相信，曾经用小小身体里进发出的强大勇气去搏斗和坚守，对那些该去善待的，该无视的，该争取的和该放弃的了然于胸，有个交代，便不会被辜负和错判。在地球不变的运转中，我们终会找到对的人和正确的路，哪怕要经历天南海北的流放，也不卑不亢。

无怨无悔不过就是把心一横，为什么要让希望去忍气吞声？

既然，未来那么有意思，就且让我们去斗胆一试。

努力和勇敢，
永远不可或缺

动真情的女人手里都熬着一服自己的五毒散，一意孤行，
奋不顾身，所向披靡，没有别的筹码，赌的只有运气。

为什么是她追到了男神

万万没想到，我那明明挺见过世面的朋友圈，最近硬是被一个消息给炸得鸡飞狗跳。

"老四要跟她男神结婚了！"

妈呀！当时正在喝酸奶的我直接把那些乳酸菌全填充进了鼻腔，一番声嘶力竭的喷嚏咳嗽过后，那极度混沌中的大脑竟然还异常清醒地响彻着一个声音：算！她！狠！

当然我绝对不是最失态的，短短五分钟内，曾经研究生寝室里的姐妹们迅速建起了一个侦探群，闪动的消息以每秒几百帧的频率跳动着。与此同时，核心阵营外部，那些上学时候聊过天的、实习期间吃过饭的，还有联系方式加了一次就再也没下文，不使劲想都不知道是公是母的朋友们，统统诈尸一般跳了出来，让我不禁感慨，都是学新闻的，要是平时工作有这个劲头，"水门事件"都能复制出好几个了吧？

而作为毕业之后离老四比较近的一位，于此次事件中，我自然是受到了极大的关注。所有洪水般涌来的问题归纳起来不外乎三个：

谁追的谁？两个人怎么好上的？那男的看上老四啥了？

这边，男神那家喻户晓的脸庞迅速浮现，仿佛他施舍给镜头一个微笑，电视机前的观众们就恨不得砸了屏幕钻进去，扑上主播台。那边，老四也款款走来，在当年新闻系的女生中，她虽然不是最美，但长得也相当眉清目秀，生着一张特别倔强又特别友善的脸；热爱学习，崇拜知识，踏踏实实地看书、听课、考证；说话办事儿大方得体，不会口无遮拦，也从不横冲直撞。这位明明应该戴着五道杠直到评上三八红旗手的好青年，硬是在爱情里化身成了创造奇迹的钢铁侠。

两年前，我们两个刚走出校园的黄毛丫头一起进了这家电视台，迎新派对上看到了青年才俊的男神。那时候的他，还是个没被台里重用，只能播夜班新闻的小伙儿。同龄人插科打诨迅速混熟很正常，虽然我从老四的言谈举止中，不止一次地怀疑过她喜欢男神，可在这个行业，幕后工作者第一次能直视那些平时戴着光环、在人前被簇拥得水泄不通的公众人物，肾上腺激素多分泌点儿也是应该的，谁想到就来真的了呢？

老四的心思她自己没吐露过半句，就是说了大家也只会敬佩你告别童年这么久，心中仍有梦。何况，两个人的关系，一开始也连滚带爬。男神的一张扑克脸只有上了主播台才恢复动态，那副谦虚却拒人于千里之外的样子让我极度不爽，只有老四肯没事儿去跟他打个趣，开个玩笑，就算碰了钉子也跟没事儿人似的，要是搁在以前，她绝对不会再跟这个人主动说话。男神有近视眼，看提词器要把字号调大，老四不管是不是自己当班，都会记得嘱咐当期编辑。意中人虽然没立刻买账，但她慢慢地把留意主播小特点的细心变成了习惯，倒是让其他一些难搞的大神们赞不绝口。男神在公司也不缺绯闻和暧昧对象，不过老四就是能做到我自岿然不动，外头传外头的，她该干啥干啥。

说到绯闻，其实她自己也是高频词之一，明眼人那么多，只不过大家说归说，就是从来没把这个高频词，摆到主角的位置上。

但不幸的是，极具魔性的剧情随着老四的变化，神不知鬼不觉地逆转了。

曾经是吐槽和毒舌绝缘体的老四，居然给欺负男神的刻薄老编导起了个更刻薄的绰号，一针见血得让你过目不忘，还挖出了对方陈芝麻烂谷子的糗事，这成了她和男神每次交汇眼神和情绪的专属暗号。

曾经那个不关己事不掺和的老四，乐呵呵换上了副狗鼻子，嗅觉灵敏到总能第一时间觉察出男神的沮丧，还能分裂成另一个白衣天使雪中送炭，用一把神奇的手术刀给你解剖世间烦恼和境遇无常，缝合之后伤口还不留疤。

曾经那个生活规律早睡早起的老四，愣是主动申请去上夜班，拼命工作不说，还迷上了煲汤和逛超市。曾经无数个万籁俱寂的黑夜，男神只要下了主播台，第一时间就会去找老四，吃吃零食，侃侃大山。

这些是男神知道的，还有些，是他不知道的。

外貌已经很不错的老四，在认识男神两个月后，用掉了实习期唯一的假期，火速做了个割近视眼手术。还有，她那二手摊位一样的柜子里，突然就多出了专门的区域来放置化妆品和面膜。

男神爱打篮球，狂热于收集篮球鞋。对体育一窍不通的老四天天恶补知识，游走于各大潮牌鞋店，到最后，她连人名、赛制、场次、规则都烂熟于心。更狠的是，在某一季，我们的老四连夜排队买到了一双限量首发款的鞋子，随便在男神眼前晃一晃，对方就请她吃了一个礼拜的饭。

男神后期上夜班黑白颠倒到抓狂，她就有意无意跟其他主编吃饭，打听新节目的消息，鼓动男神去主动请缨试镜。男神现在主打的节目，就是这么得来的。再后来，那个制片人也因为有了接触，欣赏老四，把她要了过去。

这种事例不胜枚举，但让我最惊讶的其实不是她的改变，而是她对这种改变的定义。

老四非常坚定地对我说："这不是为了他，是为了我自己。"这句话让我前一秒还误以为撞上了玛丽苏而白眼翻尽，后一秒就在深深的思考中深以为然了。仔细想想，还真有些分不清楚，她做的这一切是为了谁。

唯一可以肯定的是，男神，是这一切的催化剂。

两人真正捅破窗户纸，是在第二个春节。老四两个春节都没回家，第一个春节那天，男神播完零点就出去喝酒了，正眼都没瞅她一下。第二个春节临近的时候，老四突然说想包饺子，要买擀面杖，店铺关门，淘宝快递早放假了。她一通冥想后诸葛亮上身，嗖的一下把我的保鲜膜大卸八块，举着里头的硬纸卷得意地朝我摇头晃脑，仿佛这就是她胜利的旗帜。

谁说的世事难料？硬纸卷绝对是感受到了老四的诚意，一盒饺子，一个年三十，男神就跟她在公司拉手了。后来聚会的时候提起这件事，平时高冷的男神就像电击了一样眼眶发红，他说那天心情巨差，播完零点连喝酒的心情都没有，心想着明年要还是夜班的命就不在这家电视台干了。然后，老四就这么风风火火从天而降，把包裹得严严实实的一盒饺子递给男神，自己却衣衫单薄站那儿瞎哆嗦，露出冻得通红的小脸，一字一顿对他说新年快乐。男神原话是："当时差点儿没哭了，心里想，就是她了。"

男神的话，让我每次想起心里都五味杂陈。即使是目击了整个故事，仍旧没敢相信这个结果，不是不相信，是不敢相信。我还记得，总有这样的讨论：在爱情中，究竟要步步为营，还是云淡风轻？

当争辩上升到价值观甚至人格高度时，前者认为没有计划和策略的爱情是被动的，其天然携带的未知性和偶然性更是大大降低了结果的成功率；后者坚持在爱中要手段太卑鄙，哪怕是一丁点儿花花肠子都会亵渎了这个神圣的领地。

想想也是，曾在青春文摘和言情小说里无比纯粹的情感，到了现实生活中竟然花样百出，绝对值和容许度宽得无边无际，不由得让你质疑人类是不是发生了核裂变。有人能用尽浑身解数来挑战目标，上天入地只为与子携手；也有人大力厮杀，不管对方爱不爱你，反正拼到最后一秒不见棺材不落泪；更有人全面撒网、重点培养，人前一往情深，人后处处留情。总之各显神通的结果就是群魔乱舞，而这类的素材也是八点档的必要佐料，炒什么菜都得拿出来放两勺，吃久了，反而是见怪不怪的无奈，它的地位也慢慢从肥皂剧沦落成了插播广告。

直到老四的出现，直到男神的求婚，就像一桶热水，哗啦浇在冰上，让所有夸夸其谈的看客们都盯着这嗞嗞的热气，大脑间歇性空白。

娱乐圈里，古巨基娶了女助理，那个为了偶像倾尽一切却连名字都总被媒体搞混的女人，终于在自己47岁的时候达成所愿，对着全天下，名片从此变成了：古太。

张震也选择了跟助理走上红毯，庄雯如小姐不动声色地把无数的花花草草挡在路上，然后在自己婚礼当天把捧花送到骨灰级情敌舒淇手上，祝她找到自己的幸福。

收获男神这种事，本来就是没有把握的战场，不管你是谁，都胜在不可或缺，同时还要无怨无悔。在他的生活里、事业里、情感里，每个角落似乎都要面面俱到，又不能画蛇添足，更不能把自己变成一个笑话。这简直就是矛盾命题，而直面这样残酷真相的时候，还能保有一颗强大的内心，无畏而战。我只能说，不管是老四，还是助理们，都实在太坚硬了。

而我跟大多数人一样，既没有全力以赴的勇气，又没有主动服输的修行。虽说这样的爱情至今饱受争议，样板戏选手们又跑出来说爱情应该是一种感觉，男神是被感动了，或者是太需要老四，并不是真爱她。可谁又能说百分之百提纯过的爱情里就没有感动和需要？我们总得找个理由，可以继续仰视一些东西，而不是放手一搏。

所以，老四说她是为了自己，我茅塞顿开。如果不是这样的原始设定，她怎么能击退那小题大做的自尊心，不卑不亢地轻装上阵？又怎么能在无数个冷遇和无视之后擦掉郁闷，重新出发？退一万步讲，就算真的失败了，她也收获了一个更丰满的自己和难得的经历，如果再算上这段时间疯长的动力和工作成绩，似乎也不赔本。

不对，我又错了，因为老四是没工夫算计这些的，她本来就是个异类。只有闭门造车的我们才会深思熟虑，心里想着主动出击，眼下却窝在沙发上看美剧；嘴上说着自立自强，内心里却患得患失，呆若木鸡。

当然，拜老四所赐，众姐妹此后又多出一个话题：如何把男神搞到手。

不过到现在为止，还没一个人行动过。我抱着乐观态度，猜想也许有一天会出现一位老四的翻版，如果真如此，但愿她能在一开始就对自己说：我是真心，出于自愿。

在丢失的时间里，变成更好的人

我们日常最熟悉的词儿，就是"熟悉的"，熟悉的街道、熟悉的声音、熟悉的一草一木，都有着先天优势，占据了记忆的 VIP 特席。而最揪心的事儿，就是当熟悉的变成了"旧的"，这个场景恍若 MSN 被宣布停止使用，突然之间心理脐带断裂，依赖感连同那份温存一起坠入无止境的深坑。

旧爱在这个坑里的处理方式格外棘手，最一开始由于水溶性太强不可回收，单凭自身的成分也没法循环使用、净化环境，在十分偶然的情况下，还有可能因为外部的空气、热能等原因，迸发出一星半点儿的小火花。

上个月去随份子，好友嫁给了自己的前男友。这么叙述起来还挺难为情的，但实际上，那是一场相当感人的婚礼。

两个人是大学同学，好上之后没到一年便不能幸免地经历了毕业魔咒，连彼此的城市都没去过就一拍两散了。六年之后重逢，朋友是电台的知名主持，男的是一家游戏公司的王牌策划。不知道是坑里有人在钻木取火，还是红娘不把这作业写完誓不交卷，总之，这回两个人是起死回生地又爱了一次，然后求婚结婚，一切顺理成章。

婚宴的布景板上，两个卡通头像之间连着一道红线，红线中间又立着一个大大的棉花糖，憨态可掬地贴着七个大字：被偷走的那六年。

深情对白之前，主持人问了在场宾客们一个问题：六年，你们都用来干什么了？回答千奇百怪，有说一事无成的，有说考到律师资格证的，有说让薪水翻一倍的，还有说减肥失败的。轮到台上新人，到动情处都有点哽咽，然后朋友略带羞涩地说：用来成长，然后重逢。

当事人大大方方坦承这段历史，反倒是让聆听者们局促不安。我瞥了下周围的同龄人，将近一半都是目光游移，若有所思。八成心里都在嘀嘟，怎么同是天涯旧情人，你的就能修成正果，我的就鱼死网破了呢？事后，我跟她开玩笑说，你这是把群众往邪道上拐啊，参加完你的婚礼，多少人得回去考虑复合的问题。

她也乐了，说也是，这可真愁人。但我们当初分开的时候，可是无怨无悔地分道扬镳，如果心心念念想回头，早就没今天这茬儿了。

然后，她用实践证明了最拉仇恨的方式，跟我讲重逢之后两人的变化，概括起来就是：她瘦了、美了、人生阅历丰富了；他成熟了、懂事了、戒烟了，有蒸蒸日上为之奋斗的事业了。

我暗自长叹，六年的摸爬滚打，怪不得今日如此坦然、如此珍惜，说是旧爱，原来更胜新人啊。

我从来都不主张吃回头草，哪怕听到都会鸡皮疙瘩掉一地。森林那么大，不出去多转转，勤兜几圈风，总吊一棵树上算个什么理想？但在她身上，确实摆出了一个生动活泼的特例。复合的故事千千万，有狗血的、勉强的，也有随便的、赌气的，唯独这种，总让你有似是而非的感觉，就好像借着个旧引子，道出三个全然不同的新故事。

她遇到他之前，大家都以为身边会出一个豪门阔太，追求者里随便拎出来一个都够我们上天入地好几年的。但此姐姐的要求，不能单纯用高和低来形容，而是特别抽象。引用原文，就是见了越来越多的人，就越感到被人理解没那么容易，一个能理解你，还能在精神和物质上同时满足你，就是濒危灭绝物种了。所以再见时相互都震了一下，后来悬着的一颗心终于放下来，有种回到家可算能甩了鞋、扑到沙发上的感觉。

这种复合不是退而求其次，能在熟悉的院落里安顿自己接下来的人生，这是一种多么原生态的依恋啊！

我想到自己，从高中开始就喜欢用屈臣氏的生姜味洗发水，配上水汽氤氲，那个味道只要一开瓶，就让你浑身舒服，所有紧张的细胞都慢慢卸下防备。后来好习惯没养成，倒是攀比心作祟，生活用品全盲目地讲究小情小调，洗发水也要无硅油的、日产的、保护头皮的，气味上更附庸风雅，几个粗浅的生拼硬凑，就能让我甘心掏出钱包。什么热带果香，蔚蓝海洋，导致每几个月我的脑袋就能换一种出场阵势，时而林黛玉，时而王熙凤，特别没有章法。

后来，我开始自省，在这么点破事儿上都能不厌其烦，还真是病得不轻啊。于是乎老老实实地效忠一款，它难得能符合我上述的所有需求，更重要的是，也是生姜味的。

用了一圈，连洗发水都是熟悉的味道好。保不齐，复合也是这么个道理。

且不论当初追求的时候怎么百般示好如获至宝，一旦要分手，情形和借口多种多样，但缘由不外乎一个：现在的咱俩不合适，没法往下过。要么是性格不合适，要么是感觉没了不合适，要么是前途规划相左不合适，要么是遇到了比你更合适的，所以，跟你不合适了。

当下的自己被淘汰出局，虽然怎么想怎么觉得耻辱，但若能从容转身，重整河山，也算是好合好散，走得漂亮。哭天抢地想入非非的，没一个能成功挽留；以死相逼换来的，往往也只不过是皮笑肉不笑的施舍。

告诉自己要搬家了，赶快装箱贴封条，赖着不走等保安出动，这真不是件光彩的事。所以，我从来不跟人讨论该不该复合的问题，值得讨论的应该是，复合存在的合理条件。

走了越多路越会发现，很多条道弯弯曲曲竟还有交叉口，重逢也不是电视剧的专属戏码。分手后若再见，大家各有各的生活，也早轮不到你尴尬出场。要真还是面红耳赤过不去的，只能说这些年你一直在吃人参果，时间压根儿没在你这儿经过，跟白活差不多。

两个人久别重逢，触景生情、百感交集都不可避免，要是对方应了你当年心中所愿"你若安好，便是晴天霹雳"，变得老态龙钟、庸庸碌碌了，那确实要感谢从前的不娶之恩。可如果男未婚女未嫁，耳目一新如初见，就又另当别论了。看到曾经跟自己亲密无间的人，以全新的角度、更优质成熟的姿态出场，平心而论还是有些惊喜的。以人与人之间剥洋葱的交往模式计算，此时你们两个人的距离会神速缩短，不用从星座血型聊起，更犯不上寒暄作态互套底细，完全无须解锁新技能。要是分手时没撕破脸结下仇，如今还难得地三观一致甚至相辅相成，基本可以断定，回头就剩一个正式扭脖子的仪式了，真是顺手牵羊啊。

莫文蔚跟自己17岁时的初恋结婚，时隔24年，吃的已经不是回头草，已经是陈年佳酿了。娱乐圈里还有个"金牌旧爱"名叫谢霆锋，无奈张柏芝没战到最后，而王菲只有一个。

复合不是哪两个人的特权，只是众多选项之一。但对很多人而言，很难做到潇潇洒洒地不计前嫌。其实没什么不好意思的，所有的感情都无绝对，如果眼前的他（她）那么好，只要真心实意，不让过去的对与错牵绊住当下的关系，就是一种平等的行为。

说了这么多例子，算来算去仍旧都是特例。这些故事得以继续的一个很重要前提就是，幸亏他们都没停留在原地。遇见的时候正如书上所写，阳光晴好，鸟语花香，然后刚巧赶上了，轻轻说一句，原来你也在这里。而不是灰头土脸，大腹便便，纵使相逢应不识，只能冷冷递来一句：劳驾借光，您别挡路，让我过去行吗？

追人和拒人，没必要用力过猛

不管什么形式的婚礼，总有这样一个必不可少的环节：一脸滑稽相的主持人在台上对两位新人发问，当初是谁先追的谁？

虽然心底彩排了无数遍，可一旦在大庭广众下铺张开来，就"哗"的一声像打开的闸门，勾起你内心翻江倒海的思绪。那些美好的、青涩的、心照不宣的，都顺着记忆的河床缓缓流淌，跟眼下的觥筹交错叠在一起，好像一切就发生在昨天。

你一定不会记得，为了今天这一幕，多少先烈曾抛头颅洒热血，在前路上赴汤蹈火，把生死置之度外，最后被拍死在了沙滩上。他们中的有些人，幸运的还能收到你的喜帖；不幸的，在时间的长河里，连一粒尘埃都算不上。

是的，感情跟万事万物一样，也有残忍的一面。很多时候我们被教育要勤劳勇敢，对向往的事情要尽力争取，所以很多人都会慢慢滋生出一种错觉，心想只要是认定一个人，就必须要一往无前，不管刀山火海，不到终点誓不罢休。

每当这时，我都会赶紧抛出一张友情提示卡，上面写着：如果你是狮子座或者金牛座，追人这码事，还是省省吧！

心急火燎如狮子座，脑回路连一个弯道都没有。一旦被丘比特之箭射中，思考能力就暴跌，紧接着双商摇摇欲坠，迅速沦为一场表白革命中的大字报写手，主谓宾颠来倒去重复的只有这几个字：我想跟你好。高密度的强化刺激衬托着那直勾勾的眼神儿，分外应景。雌狮子还能留个台阶探探对方的口风，雄狮子恨不得直接扔过去一句：今晚，约吗？

如果狮子选的是门对门加急快递，那金牛完全可以报名参加徒步两万五千里长征。笨到就差发出芽的你们，带着永远落后于这个时代五至十年的思考模式，踏踏实实地用你以为的方式"投其所好"，还因为对方没反应而生闷气，动不动就一副要随时自己在家开煤气罐的样子。金牛就是有这能耐，能一连 365 天不间断送出一箱箱暖心牌苹果，却没瞅见人家的 QQ 签名在 12 个月前就改成了"我只想要一串葡萄"。

当然，以上两则并非适用于所有金牛座和狮子座，我想说的只是，追人的力度太猛，就变成了推人。

有很多经济条件不错，人品也过硬的朋友，年过三十却依旧单身，在爱情的战场上屡战屡败，每一次都是一腔热血赤膊上阵，最后几盆冰水就被打成冬天里的片片霜花，显得格外萧瑟和悲凉。究其原因，无一不是因为没悠着点儿，最后扭了脖子崴了脚。

本来可以循序渐进的，非有人一开始就大张旗鼓，硬要在阵仗上来个先声夺人，不去当啦啦队长真是可惜。就算对方嘴上不说，还让不让人在学校公司、邻里街坊那儿混了？面对周围人的殷切目光和坏笑，遇上脸皮薄的，是不是得人间蒸发才合适？要说现在的影视剧文化也真害人不浅，霸道总裁不是谁都能当的，除非你有道明寺的身家或者雍正四爷的手段。另外，也请专业一点，提前打探下心上人的喜好厌恶，别碰到个毛发过敏的，送人家一只小猫当惊喜；遇到个物质主义的，心潮澎湃朗诵十首情诗，首首都是"有情饮水饱"。对方有几个手指头你数过吗？他妈妈喜欢吃咸的还是辣的你知道吗？如果连这点都做不到，早撤早超生。

在追人的过程中，以自我为中心是大忌，打着为对方着想的旗号，处处都在满足个人的角色幻想。既然是追，就24小时无间断签到，泡泡糖一样黏在他身上，妄图以坚持感动上苍。但是拜托，你连备选都还不是呢。

还有一种人，酷爱交流，但说的都是自己的事儿，从领导多赏识到客户多重视，以为这样就能让对方充分了解自己，就是足够以诚相待，结果一不小心变成了独角戏现场。N年前我遇到过一个哥们儿，开口必提他喜欢的菜是酸菜，爱吃的水果是西瓜。为了让论点更鲜明，还列举一打馆子以证酸菜的各种做法都是美味珍馐，甚至得悉了我迷甜品后，居然推荐了一份自制的京城十大西瓜甜品圣地！拜仁兄所赐，对这两样东西原本无感的我，现在一看到就想吐，真想对他说，你那么喜欢酸菜，怎么不去找翠花啊！

最有杀伤力的，必然是情感绑架，这招常用于女生和阴柔的男士身上。睹物思人，看个电影听个歌跟你分享就算了，连脚上踩到狗屎都会说，夜色微凉，突然想念起你和你的嘟嘟（注，嘟嘟是宠物狗）。这让人怎么接茬儿？处处表现出强烈的需求感，就差直接告诉他没你我活不下去了。人不在线就夺命连环call，人出去玩你酸涩心作祟必须要问出个究竟来。还有的天生适合做人口普查，没自信到就想搞清楚周围有多少个竞争对手，不但让对方心里极度不适，就连耳根子都会生出茧来，真是把心思都用在了正地方。

所以你看，很多时候不是对方不喜欢，只是一开始没感觉，然后在你一番死缠烂打下，就彻底变成了腻歪。

说到这儿，突然想到香港人说普通话的特点，无论表达什么都会用很多助词和形容词来帮助完成语境。比如一个绅士会一本正经地跟你说"大力一点去追求"，要搁东北人嘴里，"使劲追"这三个字就解决了，可现在想想，多拐几个弯也未尝不是一种情调。

比起追人，被追就爽多了，起码是站在一个制高点上，手握选择权，可以指点江山挥毫泼墨的。要是能从容潇洒地拒绝上几个，更是人生中的佳品绝酿，让你一回味，简直要得意地翻几个跟头了。

其实也不尽如此。你看到的是追求者的笨嘴拙舌，却没看到被追者的挣扎咆哮和惊慌失措，这个过程要有一个发酵、再造、喷薄而出的演变，搞好了全身而退，搞不好也要染上尴尬癌。

拒绝别人的理由特别简单，对抽象者而言是"我对你没感觉"，对具象者而言是"你不符合我要求"，但就是这两句话，能说明白的也没多少。

我们都曾遇到过这样的人，条件跟你的要求相去甚远，没有感觉，也聊不来，从头到脚都是三无人员，以为这样的最好打发，拒绝起来字正腔圆，直截了当。我几乎都要给你颁个普通话一级甲等证书了。对，你是说明白了，从此万事大吉了，但你有没有想过对方的感受？每一份爱慕都值得珍惜，不管它最终能不能被授权使用，这起码是对你的关注和认同，让你有一天哪怕是孤独终老，都有个段子能哑吧两下嘴聊以自我安慰。结果你二话不说，上来就单刀直入，刀刀直往要害上捅。更有甚者还会不断强调自己和对方的差距，以一颗宁为玉碎不为瓦全的心撰写年度感动中国贺词，生怕对方有还击之力，打得人眼冒金星，满地找牙。真不愧是精武门下的一枚汉子。

还有这样一群人，你其实是考虑过对方的，毕竟不反感，也暂时找不到代替的人选，曾经想过试试相处，但是无奈对方太争气，一记全垒打就生生把自己送出了待定席。这个时候你也觉得可惜，甚至恼火他为什么没抓住那关键的时机。可事已至此，只能甩下袖子。这种否定里，一半带着对对方的失望，一半带着对自己的赌气。这些统统化作了只可意会不可言传的绝情，打电话不接，发短信不回，在不明朗期给对方留下了无法计算的心理阴影面积。如果实在逼急了，就来一句，我们不合适，草草打发了人家。这时对方多半会想，我以为能成呢！不合适你早干吗去了！

为了不让两人都难堪，也以防有极端分子在心理失调、牛角尖没钻明白的情况下做出持刀伤人、泼油漆等恐怖举动，不如就发发慈悲，顺手帮他简单梳理一下失败的路径。当然不用面面俱到，讲清楚你的感受就好，让他死个明白，在以后的路上也不至于被一块石头绊倒两次，更不用为一次不明不白的拒绝而万念俱灰。

如果运气特别好的，这时候说不定还会有出其不意的大彩蛋。我的表姐就是在姐夫追她的时候想给机会，却又觉得这木讷的家伙实在太不会追人，明明要宣告死刑了，谁想判决书竟摇身一变成了让人开窍的神来之笔。我九死一生的姐夫不但抱得美人归，还养成了一个特别优良的习惯：做事之前先站在老婆的角度上思考一分钟。

不过姐夫是个特例，回到上一条，我只希望你别把劲儿用大了。

好人易做，备胎难当

　　我的朋友农场主先生是个野生大写加粗的"奇葩"，哦不对，还要放个下划线。他的农场里"飞禽走兽"应有尽有，用他自己的话说，不管是清高文艺的小资少女，还是冷艳轻奢的外企白骨精，甚至是搔首弄姿的驻唱歌手，都在他的情感圈养栏里记录在案。只不过，统统都以散养的形式存在着。

　　农场主真正的职业是一家书吧的老板，早早创业，典型的少年得志。喜抽雪茄，爱看亨利·米勒，相处四年的正牌女友是一名空姐，对他尽心尽力，体贴入微，旁人绝对挑不出半点毛病。但这仍旧不妨碍他化身成二十一世纪最时髦的农场主，在门类复杂、分工明确的技术化饲养里自得其乐。

　　对于这件事，他的论调非常鲜明：你不能没有备胎。是的，每一次他都会不厌其烦地对我谆谆教诲，不同于别人生硬的观点侵略，他几乎是用一种哀其不幸、怒其不争的口吻来试图修正我的爱情观。其主旨不外乎，在感情里，只有留足后路才能高枕无忧，若真有朝一日风云突变，礼义廉耻不如屯兵积粮来得实在。然后再用知识人特有的情怀，煞有介事地补充，备胎不等于出轨，备胎的终极作用只是下策，更多时候是生活的调剂，总吃一样盖饭都会腻的是不是？爱情需要人为补充养分来调节胃口，往大了说是维持身体结构的平衡，往小了说也是怡情悦性，百利而无一害。

每到这时，我心中都只剩下非常茁壮的两个字：我呸。

但不得不说，也确实没见谁像他一样，把驯养备胎修炼成了一种专业，不但练到炉火纯青，还时常更新关卡和进阶武器。眼见着他跟女友出双入对宛如一对璧人，我却在一旁抱着不怕事儿大的心理，看看他什么时候能打通关。

备胎们我也是见过几个的，当然是在不同的场合。她们并非想象中的没有主见，有些反而是个性十足，资质亮眼。而不管外在表现如何，她们都神奇地呈现出整齐划一的风格，那就是明知他有女友，却依然对他死心塌地，觉得自己才是对方打着灯笼才找到的真爱。于是我就又担心起来，一旦如他所说，正胎不幸爆掉的话，找个下家还不得造成挤破头或者踩踏事件吗？

其中，备胎一号最是他的心头好。若论起先来后到，这位甚至可以位列前三甲。人美声甜，腿长胸大，带出去一点儿都不比正胎差，跟他的交流也是默契十足，就连对我都亲切友善，时有短信问候。农场主对她自然够意思，出门旅行、心意礼物，投入价值都快超过正宫了。至于为什么没倒戈，他给出的说法很模糊，也很明确：总觉得差一点儿什么，但还不知道是什么。

这样的生态圈却没有鸡飞狗跳，真是万幸。

世人对备胎的态度总免不了忧心忡忡，看那些两性情感专栏，动不动就有"醒醒吧，不要做他的备胎""好人易做，备胎难当"

之类的劝导，力图将每一只迷途的羔羊拉出困局。可细细看去，备胎们从培育工序到熟成规律，都不尽相同。他们旗帜鲜明，拥有一套完善的价值观和人格，只不过没有统一的解释和管理组织，所以往往是到了维权的那一步，才发现投诉无门。

更多人根本不用维权，她们把"爱上你是我最大的幸运"当成至高无上的座右铭，相信感情是纯粹忘我的，好比练功的无他境界，周遭的电闪雷鸣皆与之无关，并笃信自己可以放弃小我的局限思想，超越狭隘的二人关系，一心只求得对方的极乐圆满。嗯！这种死心塌地的属于"主观自愿型"，还有"客观蒙在鼓里型"，并不知道自己脑门儿上已经被盖上了备胎的大印，还以为是哪儿做得不够好，或是对方心存顾虑，而没让这段感情快点见光。除此之外，还有些野路子，比如"将计就计型"，有一搭没一搭的"排遣寂寞型"等，在同行的队伍里，深深为主流人士所鄙夷。

唯一舒舒服服的应该就是农场主吧，虽然不管是谁，只要遇上了对你爱不释手的人，都会一阵窃喜，自信心和底气瞬间爆棚，心里想着，二货真就中招了，脸上还得端着一副比天桥拉二胡的还朴实感恩的表情。但最后基本都是无力分身，不了了之。像农场主这种享受簇拥上瘾的人，反而没法进入一对一的专注状态里了，他跟她们的关系早已转化成了共荣共生，一个负责提供氧气，一个负责铺平草地。

此想法一出，马上有朋友提出了不同观点，她用一年零两个月如假包换的备胎生活告诉我，这根本就是一个不存在的、人类意淫出来的产物，农场主误会了生物的多样性，备胎误会了自己。其实没有人那么傻，有求必应是必有所图，不管时间长短，你的孜孜不倦只是暂时性的别无选择，等到有了更好的人出现，你不但会头也不回地茅塞顿开，还会想方设法给这段黑历史隐姓埋名。比如你昨天还在为隔壁吴老二投入得如痴如醉，今天金城武开着宾利到楼下跟你表白，你还不得一个箭步冲进去啊？

说得真对，所以就算是为了姗姗来迟的金城武，也不能先自断经脉啊！

让我意外的是，就在落笔这篇文章的一周前，农场主先生告诉我，他领证了，决定安安稳稳地跟空姐绑定余生。不等我问原因，就气急败坏地向我怒骂，那位任劳任怨的备胎一号，居然在一个月之前奉子闪婚，子和婚还都与他无关，甚至这个人，都从未出现在他们的话题里过。

而现在，觉得备受耍弄的他毅然决然向正牌女友求婚，对方喜极而泣，鸡啄米似的点头，等了四年多可算是皇天不负有心人。农场主说，她能结婚，我也能！那曾经淡定不羁的脸上突然多了几道皱纹，还带着一股如梦初醒的惶惶然。

我哑然失笑，觉得这个结果还挺不错的。不如，俩人都去叩谢一下备胎这强大的激励鞭策之恩吧！

别以为下一个会更好

　　再见到慢小姐，她竟是来跟我告别的。

　　她要去台湾念书的消息着实突然，马上快三十的人了，也不知道哪儿来的这情怀和勇气。没心没肺的我坏笑着打趣她："是不是你家老郝要去台湾，你打算夫唱妇随呀？"她连头都没抬，言简意赅地说："我正要跟你说这个，他跟我分手了。"

　　注意！不是我们分手了，是"他"跟我分手了。这怎么可能？我快速扫描了一下记忆硬盘，有限的存储空间里闪回的，都是郝先生那张和颜悦色的脸以及对慢小姐死心塌地的爱。在我眼里，他们就是无懈可击的攻受配对，不管慢小姐做什么，郝先生，啊不，好先生都会吭哧吭哧地鞍前马后，捧场鼓掌，再没有谁比他更对得起这个姓了。

　　看着眼前的慢小姐，不施粉黛，勺子在咖啡杯里打转，偶尔发出脆响，无助的声音打破空气里的沉闷。

　　怎么就分了呢？慢小姐说，我还没有想好，想再等一等。他说，等不起了。

终于，这句话就像是一个扳手，扣动了慢小姐隐忍的眼眶，眼泪还是挣脱了面子的束缚，一串接一串地淌了下来。我想把咖啡拿远一点，却不知道怎么动手，只听到她呜咽地嘟囔："我不想分手，我只是不想这么快结婚。"

快？如果不是她在哭，我真想一榔头捶过去。从两个人谈恋爱开始，关于什么时候能给好先生一个法律许可，你想了整整五年，现在人家不干了，你居然觉得委屈，觉得太快？

五年前，她刚刚跳槽到第二份工作，正经历着人生中惨绝人寰的低潮。本以为可以大展拳脚的地方，其实就是个徒有虚名的皮囊，从体系到制度，从同事到上司，没有一样不漏洞百出。不光如此，男友还"雪中送炭"，恰逢其时地提出分手。那时的她，每天像坐过山车一样神经兮兮，一三五在公司里无所事事地待到深夜，佯装出一副勤劳加班的样子，二四六轮番跟姐妹出去喝酒唱歌扫货败家，只有礼拜天消停，还动不动就看着韩剧如泣如诉。

遇到好先生，是她人生重要的转折点。

这位 35 岁斯文儒雅的企业家，几乎是从出厂到售后都赶超了 ISO9001 质量认证体系。工作体面，薪水可观，作风正派，无不良嗜好。他跟慢小姐在书店偶遇，聊得来就互换了联系方式。后来好先生展开追求，一切水到渠成。在好先生的加持下，慢小姐搬离了脏乱差的蜗居公寓，跻身城中数一数二的地段。饱暖之后思淫欲，曾经的艺术梦想死灰复燃，好先生就帮她在一家知名画廊找了份文案策划的工作。

好先生出差，也会尽可能带上家眷，慢小姐就这样在朋友圈里，从本初子午线刷到赤道几内亚，从棉花堡的热气球，飘到了加州的阳光海滩。

我们都觉得好先生上辈子一定是用光了慢小姐的流量，才导致今生成为她无限期的续费用户。但即便如此，慢小姐还是对结婚的事情三缄其口，用她自己的话说，时候还没到，要再等等看，才知道自己要找的究竟是不是这个人。

这一等，不但没找到答案，还要去宝岛念书疗伤。

这让我想起几天前朋友聚会时提起的一件事。我们的一位前同事，甩了青梅竹马的姑娘，转身钻进了小秘书的被窝，奉子成婚之后，矛盾频发，现在正处于分居状态。而那位原本默默无闻，从来都是在他身后充当贤内助的青梅姑娘，却因为给好几个来华活动的大腕明星做翻译，无意间走红网络，成了受大家追捧的知性女神。

早被删了联系方式的同事竹马托我们的一个朋友传达，希望跟青梅姑娘见面叙叙旧，青梅姑娘客气地回答现在太忙，还体贴地附上对他婚姻生活的祝福。

这种祝福如今来看，讽刺得一塌糊涂。

慢小姐和前同事的经历不同，结果却有那么点儿遥相呼应的意思。手里明明握着一副好牌，却生生打出了个天雷滚滚的烂局面。到头来一个是无力回天的伤怀，一个是不加掩饰的后悔，就好像忘记了当初也是他们自己，拆了对儿扔了顺，还舍我其谁地瞎胡来，等上家出了大招，才发现兜里所剩无几，已经什么都要不起了。

凡是错过的，必有一个前提，那就是曾经相遇过，却没有好好地去珍惜。一切来得太毫不费力，总会有一种理所应当的错觉，导致我们高估了自己的价值，或是不情愿如此兵不血刃地就一统江湖，一定要观望质疑，就好像人生必须被狗血剧情割礼一次，才不白活一回似的。

他们的思路应该是一致的，其实在地球上遇到好人的概率远大于烂人，但问题就在于，好人总能让我们擦肩而过，因为他们太朴实的外表、太不招摇的性格和太易如反掌的到来过程，让一切都显得索然无味。相比之下，那些放荡不羁的浪子，捉摸不定的感情杀手是多么特别啊！他们眼中时刻流露出的"危险"两个字，反而成了最致命的吸引力，跟他们相爱才有心跳，才是青春里应该有的色彩啊！这追求多么刺激，多么带感。

于是，每每走到好人的摊位前，我们都会变成打不起精神的瞌睡虫，甚至没有耐心看看上面印着的成分表。就算是拿回家，也像买到了过渡替代品一样敷衍凑合，心里偷偷助长着一个念想：等看到了更好的，再去退货，或者扔了。

后来，当你终于如愿遇到了个有魅力的坏人，终于一激灵坐起来了。牵肠挂肚欲罢不能，若真的有幸能爱一场，完全是判若两人。你处处容忍退让，时时绞尽脑汁。他突然失踪，你提心吊胆；他阴晴不定，你立刻服软；甚至他说分手，再反悔，用乳臭未干的任性追求自己的单薄理想，你都奉陪到底。哪怕是他花花草草中的流连忘返，你也认为有情可原，因为只有一个巴掌才能拍得响啊！如此被虐得欲仙欲死，自然要反过来感激爱，感激这轰轰烈烈的存在了。

恭喜你，在平凡的生命里终于过了一把韩剧瘾，可以上蹿下跳，喜怒无常。用梨花带雨修饰梦想，用茶饭不思完善成长。是的，如果加上失忆、车祸、亲兄妹什么的，那桥段就齐活儿了。

这就是为什么感情骗子总能一再得手的原因，而且越骗，他们越自信，手段也越来越高明。因为上当的模式总是出奇的一致，心理反应都是一样的犯贱。演砸的时候还会非常入戏地感慨遇人不淑，继而顺理成章地怀疑自己失去了获取真爱的能力。好人却常常被盖住了光芒，手里拿着一文不值的好人卡，在你的纪念册里，只有当脚注的份儿。不过世事也很无常，不止一个例子表明，被你辜负过的好人，醒悟了之后都惊艳了。

我并不是鼓励大家对自己的感情不求甚解，挖个坑就是菜。人人都有选择的权利，爱人当然更要慎重，更要遵循内心的声音。可问题是，在所有的这一切发生之前，你得明白自己究竟在想些什么。是铁了心地想体验一把惊心动魄，且必须声嘶力竭的爱情；还是只想要一份本质上平静、幸福的感情呢？或者，你根本没多想，只条件反射地把送到手上的——都推掉？好人不是没有光顾你，我只是不想看到你瞪大眼睛，专门往有缝的蛋上叮，到上吐下泻的时候，才悔不当初。运气不会一直盘旋在谁身上，良人纯是误打误撞，还真无福消受，花样作死的结果只能是一无所有。老一辈人告诉我们，见好就要收，细想果然是一种智慧。

即便是相亲，也是缘分

硬气小姐前两天去相了一次亲，然后重感冒了一周，卧床不起，差点儿就一命呜呼了。

刚过完 32 岁生日的她成了父母心中的"高危物品"，悬而未决的婚嫁问题像一颗毒瘤，随时能够引发致命的绝症。在多次好言相劝未果的情况下，二老终于以雷霆万钧的压力迫使她迈开了人生中妥协的第一步。

整个过程极为顺畅，简单来说就是，男女双方在一家餐馆见面，30 分钟下来除了硬气小姐发起的寒暄，多余一句话都没说。结账时服务员径直拿来两张纸，说，你们是拼桌的吧？现金还是信用卡？

是的，不带一点儿夸张的，真是从头到尾的默片，直接回到卓别林时代。

硬气小姐震惊了，随后就狂暴了。她不知道发生了什么，自己是口眼歪斜了？还是臭名昭著？究竟是何种人神共愤的特质能让对方在相亲的场合中连一句话都说不出口！

急火攻心之下，硬气小姐妥妥地进了医院。康复后，她指天誓日地说，这是第一次，也绝对是人生中最后一次相亲。

　　我试想了很多种可能，毕竟她既不丑，也丝毫不让人生厌。唯一的答案也许就是，碰上了比她还叛逆的棋逢对手。这太符合现实了，只是不知道如果换一个场合，他们会不会擦出火花。

　　突然好奇心骤起，搜索了一下相亲在中国历史长河中的起源。普遍的说法是，从择婿习俗开始，有钱人家的爹要给女儿选驸马。后来打夏、商、周三朝起，朝廷设立了相关职位，专门负责"指婚"。再后来民间中小企业发展，私有制越来越吃香，媒人才大行其道帮人牵线搭桥。哦对了，后来叫媒婆，口碑也一落千丈。

　　现代人到了剩年难免心浮气躁，加上供货紧缺，行情参差不齐，这种方式就又卷土重来了。可相亲作为现代社会关系中最直接、最功利的一种，难免透出一股败犬的味道。甚至不少人对它的看法是"清仓甩卖"，抗拒心理自然如影随形。

　　光说它本身，确实容易滋生尴尬，何况还有个心照不宣的功能指向性。这就像在古罗马的斗兽场，人们不由分说地把你和一个素不相识的对象摆到最中间，在众目睽睽之下让你俩进行一番搏杀。四周满是声嘶力竭的喊声，"拿下他"或"把他掀翻"，所有人都想在这关键的战役里赢得颜面，为演出的精彩拼个你死我活。就算无缘牵手也不能掉价，要知道，最后谁看上谁，谁不同意，是关乎尊严和阶级的问题。没人愿意占下风，凭什么他没中意我？我还觉得他没权没势、一脸黑痣呢。学历工作、身高脸蛋，就连带薪假期都抖个天翻地覆慨而慷之，美其名曰要门当户对，实际无非是想留足"我不差，不靠相亲也有市场"的证据。

　　存在剥削的奴隶制不可能皆大欢喜，所以才有那么多人抱怨，在相亲中找不到火花。这种过分的公开透明总让人瘆得慌，没有欲言又止、摸索猜测的过程，也缺少雾里看花的朦胧美感。曾经我们在暧昧和暗恋中小心求证、大胆假设，可到了相亲场上，却要面对如此赤裸直接的判断。也难怪无论条件如何的人，都会生出一种挫败感。可即便这样，也要时不时地去碰碰运气凑个数。

婚恋关系在宇宙中的特殊性就在于，不整齐划一，也没有绝对的规则可言。我有位年方28的女性朋友，是个中特例。她生得一副陈妍希的甜美容貌，那时"小笼包"还没出名，大多是《那些年，我们一起追的女孩》里的宅男心头好。在跟周围抗争一败涂地后决定反其道而行之，把相亲变成第二职业。不管什么样的对象在她眼中都被同化为冤大头，在趋之若鹜的追逐中化身炮灰。这些免费饭票们还不知道，自己一天前留下的电话，起床气还没散尽就被拉进了黑名单。

她从不认为相亲可以成功，换句话说，相亲不能满足婚姻需求，却可以完成自信配比。她在斗兽场中通过无数次漂亮的过肩摔撂倒的异性，就像我们积攒的信用卡点数一样，虽然总也派不上用场，但还能在无所事事的时候数数来聊以自慰。

幸亏场边没有专业裁判，不然她一定会被逐出局。这种损人不利己的娱乐行为，完全是对严肃人生的无码挑战。

也许在很多人的潜意识中，就像"情感洁癖""精神洁癖"一样，也会有一种叫作"相处洁癖"的东西产生。在它的制约下，有人不能忍受任何形式主义的、被预先安排好的关系存在，哪怕这只是入场通道，也会影响全部的心情。

所以，相亲变成了"相轻"，甚至还要一决高下。

而对于斗兽场上的双方而言，大家在周遭的催促声中被绑架至此，自愿也好，不甘也罢，已经都手无寸铁了。这个时候再用挑剔的眼光寻找瑕疵，或是游戏彼此，就真的过于刻薄了。

毕竟都在场中间，要说决战也轮不到你俩撕咬，又何必在萍水相逢的时候就戴上盔甲、还把对方妖魔化呢？无论什么形式的相遇，相处本身都高于一切。可以接受一见钟情的天马行空，就没有必要排斥媒妁之言的一板一眼。就像很多人会把"婚姻"看成自己下半生的定心丸一样，把"相亲"当作缘分的试金石也无伤大雅吧？

更何况，买卖不成仁义在，本是同根生，相煎何太急啊！

愿你遇到相濡以沫的爱情

　　围绕择偶标准的讨论，就像豆腐脑到底是要吃甜的还是咸的一样，历朝历代，经久不衰。每每遇到这个话题，单身的人总感到头顶轰隆作响，但又犹如一个久居在停机坪上的人，对此轰隆声习以为常到只剩麻木了。即使有了伴，偶尔也会经历一次打探，总能让你回顾曾经投石问路的时光。

　　那些不食人间烟火的追风少年，对"条件"这一敏感词总是嗤之以鼻。在他们纤细敏锐的感知中，他们更关心的是，究竟要选个自己爱的，还是爱自己的。

　　我们无法掌控这个变量，一开始爱你的很有可能到最后咸鱼翻身把你吃死；而你爱的，也保不齐浪子回头反过来对你俯首帖耳。所有的关系在演变中都免不了受环境刺激和个人因素的催化，何况有个最靠谱也最不靠谱的东西叫直觉，想和谁拉手、跟谁回家真就是几秒钟便能决定的事儿。之所以思虑再三，不外乎还有顾虑，还有疑问，以及，还有不安。

　　最近在看《纸牌屋》第四季，这部剧用心良苦且孜孜不倦地告诉我们的道理，不是一个穷小子如何在政治险滩中死里逃生当上了总统，而是在两个人的世界里，找到同类是多么的有必要。

这是一个精细的匹配元素，总统夫妇结婚之时门不当户不对，富家女下嫁总是比灰姑娘升华多了不少滑稽色彩和讽刺意味，以至于即便后面男主角当了总统，也依旧不被丈母娘放在眼里。若论条件，真的比谁都糟心。然而女主角却从未怀疑，并引以为傲，因为男主角是唯一懂她的人，知道她不想被崇拜或溺爱，也明白她想要的究竟是什么。

彼此都热衷权力、饱含欲望，因为是棋逢对手，所以不离不弃。

在后来惊心动魄的阴谋中，他们并肩战斗，长枪短炮。从党鞭到副总统，再到利用前总统的致命短板取而代之，入主白宫。两个人一直都在赤裸坚强地演绎着权利场上的宫斗，好比共荣共生的植物，当一个枯萎，就可以迅速从另一个身上获取养分。这也解释了为什么男主角遇刺醒来，首先便认同了妻子在俄罗斯事件上的做法，然后果断消化分歧，重新走上两人默契地一唱一和的老路。

相同的思维体系和手段，让这段关系比想象中还要坚固。在制衡和博弈中的拉扯，让我相信，即使退化回动物，这两个人都能凭借气味找到对方。

跟他们的事业结盟类似，总统夫妇把夫妻关系拆解成了最刚性的缩略版本：入伙。

没有共同使命和奋斗目标，再相互吸引的两个人都不可能被绑到同一条绳上，最多不过是两两相望，遥寄哀伤。看似无情冷血的架构却展现了最为稳定的一面：诚意相邀，甘愿赴会。

幸好现实中没多少人真如这般心狠手辣、利益至上，虽说总统夫妇是个极端的范本，但同类依存的重要性却在剧中体现得淋漓尽致。从爱情那个巨大的谜团中探出头，可以让你心头悸动，寝食难安的人早就构成了无形中的吸引。心动的频率若不是经得起磁场电流的检测，八成接下来的桥段就只能一片空白了。

同类，它构成了我们想要栖身的原因，但这只是个前提。地球上谁和谁是完全复刻的呢？搜索和找寻的同时，人都容易目光涣散，也容易焦躁无力。当你在为学历身高，急性子慢性子，是呼朋引伴还是喜欢独处伤脑筋时，也许你正背离着一个更有力的信号，因为能给生活最终归结到一个轨道上的，还是各自心里那处原始且不常表露的空间，在这个空间里，你们最好能用同一个视角看待人生。出身不同没关系，可以用相同追求弥补；风格迥异也不要紧，但需要有接纳和融合的意愿。思想的出发点就像每一次启程的港口，比起风萧萧兮的形单影只，四目相对的底气和力量让人更愿意一起去触摸未来。跟大脑波长相似的人对话，起码理解起来不费功夫，解释起来也不伤元气，就算有一天激情和青春不再，至少还有欣赏，同类的默契可以稀释雾霾。

假使眼前一片漆黑，下意识伸出的手若能朝一个方向握住，那恐惧也就能减少一分。

我们自然羡慕那些一路走来都互敬互爱、相濡以沫的伴侣，只不过更多人的燃点过低，容易着火，它们会不会侵吞感情，归根结底在于你们所理解和在意的东西是不是相同。语言和行为一样，都会在价值这个教官的导向下现出真身，若能拥有不相悖的原则和感观，就可以避免许多伤害。即使矛盾是藏不住的怪兽，急欲奔出牢笼，也不会做出让自己难堪、让对方口吐鲜血的事。

我们终其一生都在寻找和保护的过程中发生化学反应，寻找一个能跟自己相吸、相融的人，保护一个脆弱且顽强的独立自我。这两者之间，若能叠加，便是运气；若不能，那些被你珍视如生命的东西，他也万万不能够弃之如草芥。

　　如果爱情一定要用感觉来当通行证，那也许，同类就是这种感觉走向现实的护照，它能够默默地告诉你说：看，你们是一国的。

人生百态，失恋后最见真态

这真不是个振奋人心的话题，很多人甚至避之唯恐不及。如果你是一个万花丛中过、片叶不沾身的常胜将军，那么大可翻过这一页；如果你的感情血气方刚，并尚存踌躇满志的呼吸，那不妨停下来，我们嗑着瓜子唠唠。

最近恰逢地球重心不稳，认识的人或远或近，都有失恋的消息传来。

朋友 A，女友跟前任跑了，原因很简单，她想回到二线城市的家乡安居乐业，但他不肯同去，执意要在帝都闯出一片天地，无奈只能把爱情拱手让人。

朋友 B，阴错阳差发现男友手机里的肉麻短信，附带图文并茂的铁证，不仅是在公司吃了窝边草，还早就有了肉体往来。痛心疾首之下只能火速甩之，以挽回最后的一点尊严。

朋友 C，恋爱长跑六年，还没熬过七年之痒就举了白旗。本来和平分手后没什么痛感，结果对方一个月后再遇新欢，频率颇高且质量上乘的朋友圈秀恩爱照击溃了她最后的心理防线，回过味来时已是心如刀绞，忍不住号啕大哭。

朋友 D 的故事比较俗套，两个人到了谈婚论嫁的地步，但公婆百般刁难，明明生了个市井小民，硬是觉得只有皇室公主才般配，不甘心下了辣手摧花，棒打了一对鸳鸯。

如果这样排列下去，我脑中立马会演奏出至少半章的音乐之声，只不过气氛和情调都有天壤之别。

一个人失恋，通常身边的一群人都会或多或少地感受到凄凉楚楚的味道，你看娱乐圈中每一次分分合合，不但能占尽话题榜首，还会引得一堆曾经虔诚的信徒们悲从中来，表示再也不相信爱情了。

反倒是故事的主角，一般都会呈现出两极分化的样貌：一部分人哭天抢地，拼命宣泄情绪；另一部分则故作坚强，打落了牙往肚子里咽，自以为套了件 99 块钱包邮的马甲，从此就能刀枪不入。也有极少数人会遵循"治疗失恋最好的办法就是重新恋爱"这类江湖偏方，拉上无辜的人垫背，从此把因果报应演绎得一脉相承。不过时至今日，这些都是小概率事件，毕竟心那么大不容易，还要加上客观环境和愿者上钩，各方面条件都满足才行。

失恋的处方笺上，究竟是用抗生素，还是中药汤，完全要看个人的吸收能力。

你不能逼着一个沉溺者马上活蹦乱跳，带着刚缝合好的伤口去参加长跑，这样别说不能治好，恐怕还要引起更大的并发症。当然，你也无法强迫一个记忆力短暂的人去死命计较，非要在一段不愉快的经历里讨回个公道。

何况恋爱和失恋，本来就都掺杂了种种偶然因素，它跟生活中的其他事情一样，不是足够认真，你就能够金榜题名；也不是足够努力去爱，就能让爱情长盛不衰。

恋爱就像一场竞技体育，有时你也需要老天足够的眷顾。

我记得 2014 年的世界杯，阿根廷再次哭泣，他们至少有两次机会拿下比赛，却还是跟进球擦肩而过，直到 113 分钟时德国完成绝杀。这一幕跟 2010 年时的南非简直惊人地相似，罗本错失单刀，西班牙在 116 分钟打进制胜的一球。等了足足四年，运气还是没有降临。

那些身怀绝技的绿茵高手都无能为力，我们一介凡夫俗子，又怎能保证自己绝不失手？

所以，我通常不会阻拦朋友的真情流露，想哭就哭，想骂就骂，要有宣泄的渠道才能有效排毒，避免成为一个长期便秘的人。当然，我也会告诉她（他），伤心要有限度，难过几天是人之常情，一蹶不振就变成冥顽不灵了。用过去的遇人不淑耽误了未来的大好前途，真是嫌自己赔得还不够彻底啊。

遇到了理性的那一款，比起打肿脸充胖子，更希望她能像当年模拟高考一样，拿一个错题本，就事论事地分析一下这次的拉分科目，是自己的漫不经心，还是对方的不解风情？是过犹不及的呵护，还是因小失大的糊涂？有没有哪一个瞬间、哪一段对话里是明明能改变一些事的，也许做了就会起死回生的。虽不至于去捶胸顿足，但至少可以不犯相同的错误。

分道扬镳，这个词听起来很让人伤怀，但又何尝不是一种两全其美的方式呢？

不适合的人早一点发现，就能少点时间互相损耗。灰姑娘她姐削了脚也穿不上水晶鞋。不是你的，早晚要走。

伊丽莎白·泰勒一生结过八次婚，屡败屡战，照样每一次都嫁得自得其乐。布拉德·皮特当初跟珍妮弗·安妮斯顿离婚的时候，多少人扼腕叹息，现在两个人不是各自珍惜着眼前人，过得更有滋有味吗？

得与失本来就是个模糊的界限，也许你没错过这班车，就不会看到亮起的街灯；没摊开攥紧的手掌，就不会牵起更大的幸福。

最差劲的就是主动让一颗老鼠屎搅浑了一锅汤，明明可以好合好散，非迟迟走不出过期的角色，甩卖了尊严去演出廉价的剧情。手机里是一遍又一遍拨出去无人接听的电话和传过去没有回应的短信，你却依然死命拉着对方的裤腿想要留住他。人家越回避你越低声下气，一边肆无忌惮地放任自己的情绪，一边对周围所有的规劝不理不睬，好像这个开关真有那么大魔力，只按一下，你的世界就双目失明了似的。

要么就是变身成个影子侦探，有意无意地关注对方的一举一动，比双十一的剁手党还要无孔不入。从微信朋友圈到 Facebook 状态，从共同好友到曾经出没过的地方，谈恋爱的时候都没见你这么上心。一旦对方先于你开始了新生活，你就如临大敌，一筹莫展，仿佛自己是一栋烂尾楼，只有眼睁睁看着对面灯火辉煌的份儿。

恋爱如此，生活也一样，在某一个失去或者错过的地方揪住不放，反反复复，不但无趣，还会消磨掉所有的动力和未来本该属于你的运气。

比起失恋本身，这才更无药可救。

失之东隅，收之桑榆。没有失，哪有得？这道理我们小学就懂，但却越长大越活不明白，偏偏在该放手的时候，纠缠得头破血流。

要不怎么说比起记性好，现在大家都更佩服忘性大的呢！

就像炒了一盘无比糟糕的菜，难道不是应该马上倒掉，再把锅刷干净吗？

吵架的行为艺术与进阶修炼

感情有两个失控时刻：一个是干柴烈火，一个是岌岌可危。前者的发展最多如饥似渴、魂不守舍，后者的影响和规模就难以预测了。通常来说，若两个人发生矛盾，忍气吞声是软弱之举，立马分手又显得太过草率，说什么、做什么似乎都不能解气，不把对方撂倒来个心服口服，简直就要让天下人耻笑。

所以说，男人在装傻中磨练自我意志，女人在翻脸中提升格斗等级，别看平时柔柔弱弱手无缚鸡之力，被激怒后都会变成一个凶狠残暴、手持利器的打手，对方也早已化作角落里的沙包，只待被连环狂敲，嗷嗷直叫。

资质不同的人段位自然也有所区别，哪怕是同一件事，放到不同的人身上，都会有截然相反的做法。但伤害等级从低到高也不过几步而已，我就见过悟性高的人，能有张有弛，随时切换，或者干脆在一次竞技中，手起刀落，舞遍所有兵器。

黄带级别——吵架

就大多数打手而言，比起眼前的困惑和问题，最先要质疑的是，这事儿怎么就发生在我身上了呢？愤怒往往能清空一个人所有的理智储备，吵架就成了屡试不爽的常备工具。虽然爱的时候你侬我侬，但矛盾一发生，共同阵营此时分裂成敌我双方，这是让人坐地一愣、然后眼前一黑的屈辱瞬间。别管事情的起因是证据确凿的过错，还是稀里糊涂的猜测，总之开弓没有回头箭，火都点上了，不发能行？

都说吵架伤感情，可我觉着还真挺锻炼口才和头脑的。层次低点儿的比分贝，层次高点儿的拼语速和词汇量，务必要在短时间内让你感受到我山崩地裂的气势和怒发冲冠的情绪。至于那些年久失修的一哭二闹三上吊，也都可统称为吵架的变种形式。

人的思考能力只有在吵架时才会变成一个彻头彻尾的废物，连挣扎都没有就逃之夭夭了。只要分出谁赢谁输就行，他的解释和辩白早就被自动消音过滤了，若胆敢还击，那简直成了进一步叫嚣的信号，只好口不择言，拿出更强大的杀伤性武器，才能达到将其夷为平地的基本目标。

身边有不少暴脾气的姐们儿，心地好、脸皮薄，就是力道一上来不管不顾，不分青红皂白，果断遍地扫射。好像这恋爱谈上了，就容不下丁点儿的磕碰，一旦遇到考验就是死结。如果真是对方有错，自己也并没有胜者的快乐；万一是冤假错案，还要把悔青的肠子再拿去漂白一通，心里经受着庆幸和懊恼的合伙折磨，嘴上却仍在死磕。

当然也有运气差的，一不留神就玩大了，之前愣没发现对方更胜一筹的潜质，人家师夷长技以制夷越战越勇，反而是你节节败退、后继无力成了待宰的羔羊。眼看房盖就要被掀开了，这时候拜什么神都没用了，还是等飓风过去卷铺盖走人比较实际。

蓝带级别——冷战

习文的总看不起习武的,冷战的也通常会鄙视吵架的。这么说来,拥有蓝带的人可不在少数,做个不记名统计,也许最后还能旗鼓相当。但就长期杀伤力而言，是绝对赶超前者的。熟稔这一级别的打手非常低调,人们很容易被表面现象所蒙蔽。他们大多波澜不惊,待人接物以理服人，讨厌谩骂和争执，仅有的标志是手里都攥着一个至高无上的传家宝——自尊心。

可怜先生就曾有过一段类似的苦不堪言的遭遇,他当时的女朋友现在看来叫业界良心,不管遇到什么麻烦都会先用冷战解决,而男性的直线思维又让他无从下手,根本不知道自己哪儿招惹了爱人。万般无奈下,所有的异性朋友都变成了猜心战斗中的幕僚。

有一次，可怜先生出差刚回家，迎面就是一记"寒冰掌"，80多平米的屋子里弥漫着让人透心凉的冷空气。无论他说什么、做什么来缓解气氛，女友始终像一块木头，面无表情。根据以往经验，他知道自己一定又是踩了什么雷，几番试探无效，只能大半夜拉出几个女性朋友来会诊。我们分别从他离家的时间、两人联络的信息、出差见的人、住的店等多方面认真分析了所有可能让对方光火的原因，几经检测排查，最后只剩下一个：问题不在外面，在他家里。

受到点拨的可怜先生立马醍醐灌顶，赶紧回家检查电话电脑，果然在微博上看到了同学会的活动。他虽然人缺席，却出现在一组两年前的照片中，并配有转发调侃和频繁艾特，只因为旁边依偎着的不是别人，正是他当年的初恋。你还真别说，都是一桌人觥筹交错，不仔细分辨，绝对会当成是同一个局。

案情真相大白，他动用了数个人证才为自己洗清冤屈，也从此养成了手机上安装社交软件的习惯。后来女朋友换了几个，但只要一提冷战他就会闻之色变，不寒而栗。

很难体会若没有过硬的心理素质，施力者和受力者要如何在这场拉锯战中存活。真碰上可怜先生的前女友，动辄就会搬出冷暴力，少则几天，多则数星期，该是多么痛不欲生的经历啊！

能让蓝带打手们选择宁可跟对方横眉冷对，也要用一种封闭的方式来折磨彼此的，多多少少是需要魄力的。她们的尊严跟芸芸众生相比，绝对不在一个大气层上，浑身都是硬骨头。若是嗅到了欺骗或不忠的味道，嫌疑犯们一定要付出巨大的代价。那种跟你说话都懒得搭理的劲儿，配上轻微的鄙视和漠然，简直就是一出完美的刑罚宝典，不禁让人赞一声好身手。当然也不排除有人实在没自信摆平当下状况，或理不清头绪、找不到疑点和突破口。也有的干脆是没信心控制情绪，既然吵架说不出好话，冷战就变成了不得已而为之的下策。

不论是哪种，都要佩服他们拒绝跟对方沟通的坚定态度，实在想象不出闭门造车能成就怎样的奇才。所以每次遇到这类不屈不挠的对象，我都会不自觉地在脑海中拼凑出一个硬汉形象，只不过，这本应放到香港警匪片里，千不该万不该在情路上碰到啊。

黑带级别——翻旧账

如果说前两个级别都能快速通关，那骨灰级的黑带多少还有些门槛。它对打手自身的综合素质要求较高，你要具备高人一等的记忆力、见缝插针的推理能力，尤其要有博古通今、融会贯通的推演手法。仔细盘算下来，敢使这招的姑娘，没两把刷子还真不行。

不过这深得民心的绝活自从被人用滥了之后，满大街的都是雷同款式，设计精品急剧减少，基本都是些闭着眼睛就能数出来的套路。或是从人性的习惯角度出发、或是从屡教不改的多起事例着手，更有甚者，还能依照今日的一个细微征兆，跟曾经让她咬牙切齿的某件事画出等号，通过联想展开脉络，清晰地帮你勾勒出未来万劫不复的故事轮廓。无数个没完没了过后，结尾通常都会有一个耳熟能详的升华：狗改不了吃屎，你真是一点没变。

当然，最后的这个结论究竟是会说出来，还是搁肚里烂掉就因人而异了，但有一点绝对殊途同归，那就是无论你用多么有力的证据来说服自个儿心里的陪审团，对方都会变得越来越免疫，不像吵架时的反应激烈，也不如冷战中的抓耳挠腮，它的对应程序无非是先惊愕，再腻歪。对，就是满当当、沉甸甸的腻歪。

小时候有个邻居阿姨，是我第一个幸会的翻旧账能人，体内还随机赠送了大嗓门配件。每次老公回家被她数落，从打手机发短信不回，喝酒应酬一夜未归，到不会笼络科长领导，送礼都能走错单元楼，等等，都在我幼小的心灵上留下了滔滔不绝的印记。有时候不等她开口，我和爸妈都能接出下一句。再看现在的相声小品，语言功底没她扎实，情节设置也不够环环相扣，听起来寡淡无比，果然还是高手在民间。

十多年过去了，我跟我妈再提这茬儿，她一直夸自己那代人脾气好，说要是现在早过不下去了。想想也不无道理。除非另一半真是死心塌地对你照单全收，不然谁乐意成天被人揪着提醒有前科？都说往事不堪回首，越不堪越要昨日重现，这事儿确实很难让人从善如流。所以说一码是一码才干净利落，负重行走早晚要结仇，到那时谁都无法测量感情还剩多少，重拳出击之后哪还有漏网之鱼。真气耗尽，遍体鳞伤的还是慈悲心呢，只要别反咬一口就谢天谢地了。

如何将自己所爱的人改造成面目全非的落水狗，我一时想不出太多案例，只是觉得那些困扰有很多根本就没那么面目可憎，只是我们冲动的力量在不停丑化它的原貌。哪有人给你下套啊！都是自己在过不去的坎儿上，使劲儿要摔一跤罢了。

聪明人给大家找台阶下，蠢人挖坑自己先跳进去。

02
/

社会尤物，
感情动物

The Best is Yet to Come

每种关系都会在时间的教唆下热胀冷缩，时而捆绑希望，
时而助长疯狂，它越不疾不徐，我们越诚惶诚恐。

黏人小姐"索陪记"

天气预报都说华盛顿这周末要经历九十年来最大的一次暴风雪，新闻从一周前便开始絮絮叨叨地模拟寒流路线图，告诫民众避免外出。街道上撒满了盐粒，超市货架被抢购一空，让人恍惚联想到战前岁月，到处都是一副严阵以待的样子。

我拎着好不容易抢来的矿泉水走进家门，刚打开空调，就收到一条微信。是黏人小姐，她说："我被家暴了。"

真庆幸在打开手机前就已经把抢来的储备物资安放稳妥，不然这一哆嗦，未来几天就可以放心大胆喝西北风了。

她说我去找你吧，我想让你陪陪我。我犹豫了一下不知道要接受还是拒绝，只能提醒她天气恶劣，道阻且长。她说没事，我马上出发，晚上就能到。

从费城到华盛顿，少说也得三个小时。不敢想象一个刚经受过折磨的姑娘，要怎么爬起来独自驾驶。但我又实在无法拒绝，生怕她有进一步的危险，甚至脑补出几小时后风雪交加，在一个密闭的空间里呼天天不应、叫地地不灵的画面，等人们发现时，早已香消玉殒。再想下去就得请东野圭吾出场了。我定了定神，赶快挽起袖子收拾屋子。谁说女人的友情比火腿还薄，今天姐姐就来展示下雪中送炭的情操！

黏人小姐果然在天黑前出现了，开门的刹那我有点儿迟疑，想着万一看到一张血肉模糊的脸，无论如何都不能腿软，万一不幸被邻居发现了，得有个完美的解释才能减少麻烦。但眼前急促的铃声已容不得多想，连口压惊的水都没喝就把门打开了。

出乎意料的是，眼前的黏人小姐，从脸、脖子到手臂，露出来的地方都完好无损，精神状态也没见异常。看到我之后她立刻扑过来，送上一个结结实实的熊抱。

我正思考着如何接过话茬儿，以及给她疗伤的方式和力度，黏人小姐就已经不见外地脱下外套，一屁股埋进沙发，手里拿着遥控器一边晃一边对我说："你站着干什么，来，坐啊。"

故事发展得跳出了我的设想框架，我只好极不自然地在她四仰八叉的沙发上找了个角落坐下，脑子里尴尬、疑惑和恐慌，几股真气乱窜，那迷迷怔怔、脉象不稳的样子，看起来就像是我自己刚经历了一场家暴。

接下来的几小时，她对此只字不提，我出于人道主义也不能主动往伤口上撒盐。我们就这样一起看了一部电影，追了一集真人秀，合伙下厨做了一顿晚饭。

酒足饭饱后，黏人小姐开始追忆童年，从我们认识的小学聊起，一直到初中毕业渐行渐远，然后就是在微博上发现我在美国，距离还不远。她频频露出感恩的神情，忽闪着大眼睛说，你看这就是缘分，以后你可以陪我玩了！

可以陪我玩了！

这句话唰的一下，把我狠狠地抛进时空的隧道。记忆一点点拆下纱布，露出黏人小姐打小学开始就寄居蟹似的形象。因为两家离得近，她爸妈工作又多，常常是我妈一个人牵着我们走出校门口。每当走到分岔路，黏人小姐都会突然放慢步速，像个小可怜一样柔声细语地说，阿姨，我想去你家玩。

我妈很高兴，觉得我不费事儿就交了一个小伙伴，在学校也有个照应，挺好。可我想破头也不明白，丁点儿大的小屁孩有什么可照应的？倒是我，一肩担负起了"好朋友"这个生命中不能承受之重。课间活动、上厕所一定要一起，即便是膀胱的汛情千差万别，也得面临被迫二次清理。大扫除更要跟我形影不离，所以整整六年，我都在擦半扇窗户。

我承认，在小时候，因为黏人小姐的存在，友情看起来并没大家所歌颂的那样鸟语花香。以至于后来，每当我读到"桃花潭水深千尺"，就总觉得李白心里是窃喜的。

当抚今追昔的环节终于告一段落。我试探性地问，你和你男友，怎么样了？

听到这句话的黏人小姐就像被针戳了的小松鼠，嗖地抖落了刚才的平缓情绪，少顷，从沙发上一跃而起，用蹿天猴的表情一边指手画脚，边抱怨男友工作忙，常不在身边，太不在意她的感受……这其中还穿插了跟上一任老外男友的对比，那位体贴入微的兄弟，连下楼买个姨妈巾也跟她手拉手一起。

我火速脑补了下一个白人青年拉着中国姑娘的手到便利店挑选姨妈巾的场景，总觉得不像是诚心买，有点暑期实践观赏青蛙产卵的意味。

那为什么分了呢?

黏人小姐降低了音调,感慨穷学生没前途没发展,不像现任在大公司,薪水高待遇好,而且都是中国人,也方便谈婚论嫁,云云。

我连忙打断她,迂回艺术地提示,谈婚论嫁要谨慎,对方千万不能有恶习,恶习一朝养成就是定时炸弹,别说在美国没有负责替你监督的朝阳区人民群众,就算是有,也还没涉猎到夫妻生活那么深入。条件固然重要,但还是要考虑家庭的长治久安。说到这儿,我使劲儿咳嗽了一声,郑重其事地总结,要是爱动手什么的可不行。

黏人小姐自然地接过话题,号称给对方摆了十条考验关卡,不通过绝不结婚。我眼看着中心话题刚有个火苗就被无情地践踏了,只能干脆切断,问她家暴究竟怎么回事。

她这时候才如梦初醒,回到悲剧主角的设置上来。原来男友近期工作忙,出差频繁,完全没时间照顾她的依赖症。说好的这个周末回家,因为大雪预警想再拖拖。黏人小姐这下急了,使出绝招哀号自己十二指肠溃疡,上吐下泻,离一命呜呼只有一步之遥了。男友吓得不轻,当天晚上连夜开车回家,发现被骗后大发雷霆,不光粗鲁地问候了她祖宗和全家,还愤然摔门离去。

黏人小姐的讲述依旧不疾不徐,娓娓道来中饱含着怨念和苦楚。末了她还痛斥,一个大老爷们儿居然摔门骂人,不是家暴是什么!哎你说,照美国的法律,这精神损失都能索赔了吧?

我叹了口气,拿起喝完的可乐罐走进厨房,扔进垃圾桶。在这一刻,也许她男友跟我一样,有些无奈,有些恼怒,不想再看那张无辜的脸,不知道应不应该再把一些东西扔进垃圾桶。

十二指肠溃疡，不诉离殇。

这时，客厅里又传来那柔软的声音：幸好有你，不然大雪要封门，我一个人在家该多难受、多孤单啊！

爱情的窗户纸，总得有人捅破

多少年了，我见过最感人的描绘聋哑人的爱情故事，仍旧是日剧《求婚大作战》。

那时候的山下智久还不是现在的帅和尚，青涩的斜刘海，差一点就跑偏到杀马特阵营。他扮演的健跟女主角礼青梅竹马，一起玩耍，一起长大，一起浪费掉所有不能重来的时光。最后，直到礼要结婚了，男主角这才痛彻心扉地意识到，原来此生最爱就在眼前，求神问鬼只想重新来过。让婚礼上播放的每张照片，女主角的泪水都能换作笑容吧！

整整11集，跨越了14个年头。健从头到尾一直在跑，追赶着自己没说出口的话，追赶着马上就要按下快门的瞬间。冲刺甲子园的梦想、CD里偷藏的纸条、想送给礼的第二颗纽扣（跟喜欢的男生要第二颗纽扣，因为最靠近心脏，能拥有对方的所有感受，这么小清新的梗也只有日本人才想得出吧）。眼看着礼要嫁给老师，他还是始终没说出"我喜欢你"的表白。

其实，礼从小就喜欢健，也曾想过要表白，却三番五次地擦肩而过。剧中的妖精说：自以为是地妄下结论，没尝试就止步不前，是人类的通病。从上学到毕业，他们竟从来没清清楚楚地表达过彼此的心意，这两个心智健全，不缺胳膊也不少腿的人，执着地在爱情中扮演起了货真价实的"聋哑人"，说什么都跨不出那一步。默默喜欢，默默在意，默默饮泣，一举一动都是默默。在只有一步之遥的距离中，该听的当成耳旁风，该说的，绝口不提。

朦胧的东西真美啊，凡是两人关系中的朦胧感，都美到让你头晕脑胀，辗转反侧。就算用猫爪挠黑板去制造出全天下最不悦耳的声音，也仍看不清孰是孰非，孰真孰假。你，和对方，是那么心有灵犀，那么同心同德，围着一个线团绕圈圈，绕着绕着，就绕成了恒定的相对运动。

我有两个初中同学，大条小姐和守候先生，我们共同度过了一段最珍贵的时光，时至今日，仍是要好的朋友。如果现实版的《求婚大作战》上演，他们一定是毫无悬念的主角。

守候先生跟我邻班，他对我的后座大条小姐早早就有了爱意，但花季雨季的清规戒律你们懂的，加上大条小姐是真人如其名，近身者三下五除二都归纳到哥们儿的阵营。于是他也只能默默地出现在所有大条小姐在的场合，不管是自习后的热水房，还是周末的黑板报栏前。那个年月，表达的关注虽然无关痛痒，但拌个嘴温个书，放学一起回个家什么的，还真就能神奇地让你的生活呈现出一派生机勃勃的热闹景象，明显地跟其他莘莘学子的万籁俱寂区分开来。

初三运动会，大条小姐报了女子3000米跑，守候先生每晚陪她操场跑步练习，还让哥们儿提前去食堂买好炒面，当作大条小姐的夜宵。比赛当天，他突然来到主席台，几乎是呈下跪姿势让我帮个忙，然后从兜里小心翼翼地拿出一盒卡带。几分钟后，本应该由我倾情朗诵的"赞3000米运动员"，就这样画风突变地成了光良的《第一次》。长长的跑道上，大条小姐卖力的身影旁总有个忽远忽近的小圆点，不能并肩却始终形影不离。守候先生就这么一圈、一圈、又一圈地喊着加油，一直喊到比赛结束。

秋天的斜阳打在每个班级五颜六色的观众席上，都像是一曲副歌。而那个距离，似乎是赋予他们最好的修辞。

初中念完，我们一起直升高中，后来的大学竟也腻在了同一个城市。我本以为守候先生会做点儿什么、说点儿什么，但遗憾的是，他做了很多，也说了很多，却唯独不是我预想中的那一段。

大学毕业，大条小姐接受了一个直截了当的追求者，而这消息我还是第一时间从守候先生那里获得的。当晚，他扛着公司发的一箱苹果、两箱牛奶正乐颠颠地准备去进贡大条小姐。想象一下，一个人满心欢喜地从出租车后备厢卸货，接手的却是个陌生男子的场景，太惨不忍睹了。

一年之后，大条小姐分手，守候先生翘了班陪她唱歌通宵。我问他为什么不表白，他说，如果表白了，她这么难过的时候，就不会找我了。

我也问过大条小姐相同的问题，得到的答案殊途同归。她说，守候先生对于她的意义太特别，她真的不能，也不敢改变这段距离。况且，这么多年都没有表白，也许，他并不是爱她，太金贵的东西往往易碎。我觉得自己交往了两个诗人一般的朋友，拥有如此广博的内涵和深不见底的假设，我竟无言以对。

你不止一次地问过自己，也问身边人，他到底爱不爱你，你们的暧昧终点在哪里。很多声音会居高临下地告诉你：没救了，别傻了，如果他爱你，早就迫不及待地奔向你；如果想跟你在一起，一分钟都不想错过，哪里顾得上暧昧。

我的天！怪不得被不由分说就斩立决的孤魂野鬼这么多，好想替他们辩一句：臣妾冤枉啊！

脑回路这个东西构造各异，不是每个人在思考的时候都能做到条理清晰、主次分明的。勇气说大了是力拔山兮，说小了比下水道还隐蔽，想把它唤醒，可不是像村里抓壮丁那样吆喝一嗓子，破门而入就可以的。如果连自己怎么想的都似是而非，还碰巧染上了前怕狼后怕虎的病毒，谁能指望着你能活着走出这道坎儿？除非极为反常的外界条件刺激，才有希望起死回生。电视剧里的人能穿越，你呢？恐怕只会咆哮一声"臣妾做不到"吧！

我常想，为什么一见钟情和闪婚那么容易，"友达以上"的柳暗花明却那么难？兴许在面对一份关系的时候，它越是不疾不徐，就越会被时间赋予某种特殊的意义，变得越沉重，我们越不忍妄自篡改。你绝不能说这就不是爱，相反，我认为，这才是爱，但爱得异常怯懦，就像被设定好悲剧命运的主人公，通身都是不逢其时的暗示，说什么都等不来时来运转。

想爱，也要先弄明白了才行。你和我一开始都没想起来去判断分析，只不过玩了一把猜字游戏，只有几条提示、几个字母，想到跟没想到一样，都要靠那突然之间的灵光一现。守候先生告诫自己要维持现状，大条小姐在死党的轨道上强迫记忆，他们都觉得这样最好，用无比浓烈的感情溶解掉所有的尝试，宁可心里流血，嘴上也誓死沉默是金。

《求婚大作战》的妖精还说，人类在历史上做过的最棒的事就是找借口，一遇到不顺就想用"没想到"或"偶然"来当挡箭牌。

窗户纸只有一张，但心里话却能被自己里三层外三层地包裹得严严实实，日夜不透风不见人，俨然就是个活化的木乃伊。比起最爱，我们都更中意一个词，叫作"最特别"，这仿佛是聋哑人之间特有的语言，能传递出一种郑重其事的栽培感，极其隆重，也极其规矩。

那么不坦率，为了不错过，就只能换种方式面对。有些话无论如何你也说不出口，有些真相年复一年你就是装听不见。那么迟疑，你不知道多走一步之后，将如何自处，索性别别扭扭地原地踏步，盼望老师永远不要说"解散"。

有时候正是因为爱，才不敢去相信。过去的包袱造就了现在的你，回头看看曾经一把撒开，漫天遍野的时光，遗憾也早就枝繁叶茂，长成了参天大树。

《求婚大作战》的SP（特别篇）创造了当年收视和下载的空前盛况，结局是女主角最终跟男主角走到了一起。我反而有点失落，因为这样的人设太童话，而在现实生活中，只听说正常人变成了聋哑人，而聋哑人突然复原的，简直堪称奇迹。对于真空中的两个病友而言，他们并未半路离散，但最终也没有在一起。

恋爱饥饿症患者的空窗期

一堆人聚会,真心话大冒险总是老套而有效的救场环节。

酒瓶正好指向恋爱姐,有人发问,对你来说,什么比失恋更可怕?

她毫不犹豫地回答:空窗期。

放眼一看,桌上九个人中,三个女生都在空窗的一潭死水中挣扎。刚才还桃红的小脸儿马上转为猪肝色,恨不得把恋爱姐撕之而后快。

她在同性中不太受欢迎,跟那永不倦怠的恋爱体质多少有关。

我们认识的过程颇为跳跃,本来同届不同班的两个人,能把名字和脸对上号就很不错了。某天,我失恋才一礼拜的男闺密神秘兮兮地透露,他又恋爱了。对方也才被甩,两人在同病相怜的过程中培养出了深厚的革命情谊,决定在一起交往试试看。

清楚记得当时香港的天气潮湿闷热,我们坐在一家楼上的咖啡室里,那是我第一次知道还有绿茶味的提拉米苏。也是头一次,见识了这种款式的两情相悦。在我震惊加蒙圈的表情中,男闺密说,我挺喜欢她的,我们说好了,先处一个月试试,不行就分。

虽然标明了全额退款的试用期,但后来俩人还是继续相处了下去，以男闺密出国深造，看上洋姐为终结。再后来他定居移民，生了混血，恋爱姐就一来二去混进了我的朋友圈。认识整整八年，她从没有超过两个月的空窗期。这回答多诚实啊！就算沧海桑田，物换星移，那仍旧是骨子里死守的律令。

都说物以类聚，但我一定要拿这个特例出来反驳，以证明在我们狭窄且雷同的审美品格里，偶尔也容得下一两个异类。她们跟你截然不同的观点和作风往往能提供一些发散的思路，在对一种现象大惑不解的时候，好歹有一个活生生的情感佐证。

恋爱姐就是此类人，她的人生什么都可以空白或者滞后，唯独恋爱不行。恋爱姐始终坚持人活着的使命之一，就是去经历滚滚红尘中的风花雪月，如果你在有限的时间里错过了无限的浪漫，那才是一事无成。失恋并不是致命伤，只有空窗才有可能撒手人寰。恋爱姐的最短记录是先跟一个投行小开不欢而散，五天后就变成了艺术系肄业画家的私人模特。不过，她也曾因为要急于摆脱一次几乎就谈婚论嫁的狗血阴影，从而开启了长达 14 个月的异国恋。

很久之前台湾娱乐圈盛传集邮女星，我第一个想到了她。但仅仅是想到而已，因为两者有本质区别，从某个角度上看，恋爱姐是极端纯粹的理想主义者，爱得不问物质，不看条件，只凭感觉。

可这样一来，遭遇人渣的概率就大大提升了。别人是撞上人渣需要用很长时间恢复元气，甚至不相信天下还有好人。她正好相反，每邂逅一个人渣，分手时都像噩梦初醒，庆幸自己还在人世，再放眼四周，看谁都是空谷幽兰，哪株都想采回家。

所以她失恋的消息对我来说，就像阴天下雨一样稀松平常。但我们的恋爱姐是个极有原则的人，我就没遇到过谁像她一样，不管受到什么伤害，都绝不打扰朋友的体恤和良心。总是一条信息，一个电话就交代清楚了。不过也是，马上要寻找下一个目标，哪有时间来婆婆妈妈。

我曾在恋爱姐一次痛哭流涕的分手后拉她去学网球，没两天她就连人带拍消失了，告诉我还是回家哭更解乏。好说歹说，她终于同意放下低级趣味，跟我寻找更高一级的人生目标，于是乖乖来上课。结果不到一个月，她就变成了教练的女朋友。

我问过她为什么对空窗有如此强烈的抵触心理。除了那个高屋建瓴的红尘理论，还有就是对寂寞的恐惧。这也是为什么每次遇人不淑被打回原形时，她都只能弱弱地回一句"总好过一个人"。

几年前，美国芝加哥大学一个心理学家做过一项报告，重心和论点都非常反人类，主旨就是寂寞会在人与人之间传染。如果你身边有携带"寂寞细菌"的朋友，那你也非常有可能陷入寂寞，而且这种多米诺效应还会蔓延到你整个朋友圈。

不知道她有没有看过这则报告，我只想问，寂寞难道不是一种与生俱来的东西吗？就像人的七情六欲、嬉笑怒骂一样必备，怎么就成了避之唯恐不及的病毒了呢？如果这也要消灭，或者用科学家的严谨精神为其分级归类的话，就好像是一天大笑五次，一周哭鼻子三次都要被隔离观察一样，实在是太荒谬了！

每个人在寂寞中，都有呼天天不应、叫地地不灵的时候。心里的确是一览无余的惊慌，就像小时候读聊斋志异，合上书满脑子都是妖魔鬼怪，很长一段时间里，持续捣毁着内心那个异常敏感的角落。越害怕越容易想起，越装不在乎，它就越阴魂不散。透支着原本就摇摇欲坠所剩无几的坚持，眼看着就要往楼下跳了。

诚然，最后也没谁真就香消玉殒，还不是该吃吃，该喝喝，该唠闲嗑唠闲嗑。

我相信，对爱如此痴迷的恋爱姐应该是个极致。更多的人也只是在失恋的时候闪了一下腰，不能适应没有人陪着吃饭、楼下接送、周末约会，也不习惯要一个人换灯泡、清理水池，甚至淋浴喷头坏了，都要拖着疲惫的身体，骂骂咧咧地钻进五金商店。

不是自己多脆弱，而是敌人太狡猾，轻易就拿走了我们唯一可以跟自己叫板的砝码。在自以为是的恋爱，或捕风捉影的下一个人变得面目全非的时候，会听到"轰"的一声巨响，随之而来的是慌不择路地逃窜，然后自投罗网，再次进入同类幻象，如此往复，无限死循环。

看！这就是目不斜视的悲剧。

明明胆儿小，非赖在小黑屋里死活不走，不是自作自受是什么？我的意思是，单单专注在"爱"这件事本身，就只能愿赌服输被它牵着鼻子走，而忽略了更为重要的诱因。要是变回进化前那只上蹿下跳的猴子，这就是我们的香蕉，但问题是，人类的食物，可远不止香蕉一种，就算吃个家常便饭也得讲究荤素搭配不是？专注如恋爱姐，只有爱能决定她的瞳孔放大程度，让下丘脑跟着不眠不休，只要恋爱，就神采飞扬；只要被爱抽离，就顿失灵魂。

只可惜这样的戏霸一般都很难找到对手。

爱本身没错，只不过被现实一遍又一遍证明行之无效的方式，如果想早点儿药到病除，又不愿意去跳大神驱魂儿的话，无论如何都该拿去报修检查，而不是疲于奔命地一错再错吧？当然还有个更冠冕堂皇的借口，叫作"be ready"。空窗期是一个非常人性化的缓冲平台，即便没有办法一针见血地指出自己身上哪个零件坏了，哪部分齿轮该上油了，也总有一个加固和抛光的方式，比如学一门语言，努力减肥练腹肌，出国旅行（切勿报旅行团，谢谢）等等。它们的好处是，当你摔一跤后误入空窗，会迅速登场转移注意力，远离黑暗和鬼故事，一旦等你重出江湖，则完全惊异于自己的改变和提升。

　　说句很不腰疼的话，作为一个女人，我反而觉得空窗期比恋爱来得还刺激，因为它的未知性带动了平时不活跃的那部分细胞。你不知道在这段长度、宽度、密度都没有提示的时间里，会经历什么，学会什么，认识什么人。只能像闭眼睛走迷宫一样，伸着手，探着路，心里全是问号。有人此后脱胎换骨，从发型到体型全焕然一新；也有的阅人无数都味同嚼蜡，反倒是被空窗期这棵带刺扎手的稻草拉上岸，从此心明眼亮，不用再为人渣所伤。

　　不过这些只适用于大多数，当我把这篇文章传给恋爱姐看后，她强烈要求换一个比喻，因为如果是她，"蒙着眼睛走迷宫"，还不如"投河"，或者就直接按响警报，如果有的话。

男人的世界，也有绿茶

　　不知道从什么时候开始，暖男成了我们评判异性的一个微妙指标。它没有人品、财富、地位来得那么具体和直观，却带有一种特殊的光环，弹性好，功率高，不管是谁，一旦被它加冕，就仿佛走进了第三世界，再也无须理会现实烦恼。那里是一片歌舞升平的美好世界。

　　不过，给这个词的定义，八个闺密嘴里却跑出了八个版本。

　　总结起来无非就是温柔体贴，善解人意，不耍酷不冷血，阳光和煦，温文尔雅，肯用心跟你交流沟通，让你时刻感觉"暖暖哒"。

　　还有那么几个，吭吭唧唧就是说不出个所以然来，但这并不妨碍她们的雷达在扫射区域识别出一个自认为的"暖男"，然后如获至宝，与他相知相惜。最后，还不忘狠狠地鄙视一下我严谨的求知精神。

　　"这真不是一句话就能概括清楚的，你得去体会。像一种soul mate的感觉，能给你无限的安全感和舒适度。有点儿像现实中的李大仁，或者，亲民版的都教授。"

笑笑说完，略带遗憾地摇了摇头，好像我没有被暖到，连灵魂都失去了资格享受快感。

她倒是被暖得五迷三道，在暖男的世界里神魂颠倒。一个是只身在香港打拼的苦逼审计，一个是独自在新加坡奋斗的律师，老家都在长江中下游，生活都是大同小异的奔波劳碌。不同于笑笑的急脾气，律师暖男做什么事都不疾不徐，说什么话都恰到好处。更难得的是，骨子里还滋养着无穷无尽的文艺浪漫细胞，Facebook 的照片表情含蓄柔和，旅行喜欢去东欧，爱戴褐色格子围巾，微博的文字细碎感性，读起来可以媲美午夜情感谈话节目。

异地反而给他们创造了更形而上的互通空间，发短信、打电话，偶尔约在一个时间，隔着长长的距离，两人同时上网看同一部电影。暖男会提醒笑笑天冷加衣，工作注意身体。还时不时给她发自己做的早饭，虽然说不上色香味俱全，但绝对营养全面、用料讲究。笑笑每次被老板狠批。垂头丧气的时候，只有暖男的电话才能使她得到拯救，他不会分析利弊或是搬出大道理，只默默听你倾诉完自己的委屈，然后很坚定地站在你这一边。

哦，还有，我之前没说，两个人都是单身。

跟这么催眠的草食系动物相处，笑笑几乎快忘记了自己的单身身份。这也不怪她，不管身边出现什么人，都注定经历着跟暖男相提并论的命运，比较之后肯定是鲜血淋漓一败涂地。随着这份依赖感日渐强烈，别说是我，就连她自己，也在考虑这段关系的走向了。

不考虑不打紧，一考虑，就被彻底难住了！

两个人来往如此密切，却几乎没谈过什么关键问题。要么是生活中的心灵帮扶送温暖，要么是风花雪月的谈天说地，暖男从没跟她说过自己的择偶标准，她甚至连对方的过往情史都一无所知。就好像在两个国家之间架起了一座空中铁轨，看着这么美好的共通，但是想过去，连最起码的签证都不知道该怎么办。

笑笑尝试了暗示试探，暖男却表现出一脸的耿直无辜。问题他不回避，也从来不正面作答，寥寥几句掠尽红尘沧桑，散播的依旧是贴近心灵的和煦阳光，让你觉得特有共鸣，深以为然，但就是说了跟没说一样，疑问和好奇软绵绵地弹回原地，过招的回合越多，心里就越没底。

一次又一次地紧急会议后，我们商量出一个比较不错的方案：他不是爱旅行吗？找他出去玩，到时候面对着面，还有那么多独处的时间，绝对水到渠成。

于是计划实施，过程顺利得超乎想象，暖男居然连订一间房的询问都没推辞。一个月之后，两人双双登上了前往清迈的飞机。

正当我以为马上要大功告成的时候，却接回了没精打采的一张脸。原本满心期待的牵手之旅变成了一厢情愿的独角囧戏。暖男把她拒绝了，更让人啼笑皆非的是，这四天三夜的旅行里，两人共处一室竟两袖清风，什么都没发生。到最后，笑笑鼓起勇气说出了心里话，像非诚勿扰里嘉宾那最后表白的一分钟一样，换来的却只是对方依旧温柔的回应：我觉得，还是这样的距离，相处起来最舒服。

什么乱七八糟的！我思路彻底凌乱了，到了这一步，不管是按常规发展套路还是大众处事逻辑，都完全不是正确的打开方式！暖男没有理由拒绝啊，到底是哪儿出了错？难不成他不喜欢女人？

嗯，应该是吧。笑笑幽幽地说。

我的神啊，弄了半天答案在这里！如果不是亲身经历，真要以为自己走进了电视剧，还必须是那种特别能引发内伤的日式黑色幽默剧。这个丝毫没有攻击性、让人完全融化的暖男，在共处的第二天就被笑笑发现跟男性友人的亲密照片，微信对话也是无比暖昧。但本着既来之则攻之的态度，就算心中七上八下，她还是用完整的表白祭奠了自己的误会一场。

说好的安全感和舒适度呢？

虽然惊魂未定，但也只能跟她说，这是百年难遇的、中大奖一般的运气。

我努力不让偏见左右自己，相信现实中总会有《流星花园》里花泽类一样的人，驾着七彩祥云归来，世界上二分之一的人口总不会辜负另外二分之一的期待，就连在饭局和聚会上碰到各式各样的种子选手，也盼望着他们疗愈人心的技能可以得其所用，对那些一道道或远或近温柔追随的目光，也是报以衷心祝福。

只是暖男们依旧只出现在话题里，似乎总处在一个被需求量极高，被使用率又极低的不对等状态中。他们的剧本通常开头都格外引人入胜，结果却往往半道夭折。

一位男性友人后来这样劝慰我说，女生实际的时候特别残忍，天真的时候又相当傻缺。只有你们能小鸟依人甜言蜜语，就不准我们对着姑娘多点温柔敦厚、古道热肠了？我们也要了解市场需求，也会与时俱进的好吗？不管是喜欢男人还是女人，什么狗屁暖男，那就是你们自己强加的暗示，如果我就是想单纯找个女闺密呢？如果我就是想广泛撒网，重点培养呢？

怪不得有人拿暖男跟中央空调做比喻，碰到他们，接触着无伤的外表、无害的个性，很容易就失去防备，乐于靠近，进而一步步给自己和他同时设想出一个美好愿景。并且，暖男一旦被我们设定，就自动默认为不会反抗，没有还击和破坏能力的特性了。殊不知，这时候的他们，也许在以守代攻、愿者上钩，也许只是想扮猪吃老虎，来一次平凡人生的绝地反击。

原来在男人的世界里，也有绿茶一样的装饰物。

那天经过兰桂坊，灯红酒绿中瞥到一个熟悉的身影，就在一周前，他被我一位女性友人带到了我们的聚会中，大家心照不宣地对这个举止彬彬有礼、面孔阳光俊朗的人给予零差评。他会提醒她不要喝太多酒，唱歌飙不上去就及时端过一杯温水，就连散伙的时候，他替她系围巾的动作都让我至今印象深刻。不过，现在在我眼前的这个人，左拥右抱着辣妹，嘴里叼着水烟吞云吐雾，动作的自然和连贯让你只能相信，这张面孔，才更贴近真实的他。

至于暖男，到底是他的伪装还是她的想象，我已经不想去深究了。

姑娘，你可以有野心，但不能没心肝

听说要去友台参观，我激动得一晚上没睡着。绝不是有多高的职业追求和学习欲望，是因为终于有机会能瞻仰到室友口中的这位传奇人物——郑小姐了。

在这个圈子里，郑小姐是墙外开花墙里红，外人不熟悉，可同行纷纷对这个名字肃然起敬，闻之就立马虎躯一震。她的经历就好比是入门版的邓文迪，平凡的身世衬托着神秘土豪的现状，怎么看怎么像一出名叫《我豁出去了》的一个女人的奋斗史，让人一边琢磨议论着，一边直听得心驰神往。

两年前，香港八卦小报上惊现一条新闻，新开盘的千万豪宅被一位内地客人买走了，买家是个30岁出头的姑娘，在港从事传媒行业。一时间身边人全都炸了锅，原以为自己干的这一行是操着卖白粉的心拿着卖白菜的钱，什么时候也能逆袭成一掷千金了？嗯！一定是自己的努力方向不对。

没过几天，室友就神神秘秘地说，还记不记得之前跟你提过的郑小姐，那个从西班牙回来的？原来买豪宅的人是她！啊不对，是她干爹！

我一个激灵爬起来，带着韩剧女主角车祸痊愈的架势，任凭记忆如洪水猛兽般四处泛滥，真是说不出地百感交集啊。

其实这个话题在我俩之间，都快变成老三样了，一切都要从室友当年打水漂的年终奖开始说起。

那会儿我们刚工作没多久，有一天她突然怒气冲冲地回到家，一开门就带进来一股杀气，然后像日剧弹幕一样噼里啪啦源源不断地飙脏话。大意就是有个在西班牙记者站的贱人，告了上司性骚扰，录像、录音证据确凿。公司如五雷轰顶，眼看着就要城门失手，名声扫地，急忙展开任人宰割式的屈辱和谈，以私了为宗旨签订了一系列不平等条约。最后究竟赔了多少不知道，反正羊毛都是从羊身上剪掉的。

遮天蔽日的民怨连同大家锱铢必较的好奇心，郑小姐就这么还没正式亮相呢，就成了风口浪尖上的人物。

有流言说，这位有家室的上司其实是在追她，太太知道了以后粉墨登场地大闹了一通。然后不知道怎么回事，两个人就闹掰了，结果上司还被摆了一道，轻松愉快地掉进郑小姐设的套里，不出几天就上了异国他乡的被告席。

我说那她挺厉害啊，要是咱们，哪知道什么证据好使，怎么诱故深入管用呢？室友说，"这你就外行了，人家当时找了一个律师男友，身兼编剧、导演外加服装效果和场外技术指导，有资深从业人员的实力做担保。什么话要引对方说出来，录到哪个程度不伤害自己还能安全撤离，那都是早就安排好了的。"我茅塞顿开，感慨还是外国男人义薄云天，室友说本来她也没打算闹大，就想要赔偿，都怨公司派去的人太无能，连个讨价还价的过程都没有直接就瘫了。

又过了一阵，室友一惊一乍地说，郑小姐被派到香港工作了，据称也是平息性骚扰事件的条件之一。她极度兴奋地憧憬着见到真人，就跟期待动物园里非洲直运的大猩猩要首次开放给公众参观一样。

我心里知道，之前那些充满了色素和香精的小道消息都是仅供娱乐的，在活人面前，什么都比不上眼见为实有震撼力。无奈即便所有人都抱持着众志成城的心态，也总不能成天到晚排队去人家部门那儿伸脖子吧？所以郑小姐报到了一个月有余，我室友跟她的接触也仅仅是打个照面而已。

据多次传来的现场描述显示，郑小姐果然阔气得名不虚传。从墨镜到包，再到鞋，全一水儿的名牌，只要是出差采访，必带上数十条围巾，轮流更换着出镜。本人姿色中上，腿十分细，走路姿势挺胸抬头，处处显露出傲人风骨，就算公司严格推行打卡制度，也是三天打鱼两天晒网，胆儿这么肥，肯定是上头有人罩着。

可不是，她刚莅临东方之珠没几天，就罩来了一套好几千万的不动产。我手脚并用算了好久这之后的零，觉得自己这辈子算没戏了。不过话又说回来，干爹这种事，拼的还不止是投胎的运气，没有金刚钻，就别非议人家揽到瓷器活儿。

后来因为一起同声传译事件，室友跟郑小姐终于有了路人以上的交集。当时有一个突发新闻，他们急需西语同传，就找到了郑小姐，但人家当天根本没上班。于是，郑小姐把电话直接打到室友那儿，说，你是谁谁谁吧，帮我个忙。就这样，室友拎着许久不用的二外临时上阵，幸运地在高级餐厅吃到了郑小姐请的一顿饭。

室友问她是怎么知道自己的，她说小二告诉的，这个小二是我同事，一个挺精神的小伙子。当初我们三个人在同一个地方实习过。室友有点蒙，也没再多问。这顿饭吃下来，虽然对郑小姐的认识仍旧皮毛，但她可以十分确定，眼前这个人有着很容易区分的特质，目标明确，直截了当，从不说废话，也从不跟普通人深交。回到家，我室友就一直感慨，说没见过哪个姑娘这么直接地说自己喜欢钱的。我说我也喜欢啊，我也总说啊，她说你那是攒几个月工资买一块表，跟人家挥挥手就一栋房子能一样吗？而且人不是富二代，这钱，都是自己挣的。话音刚落她觉得不合适，改口说，哦，是自己弄的。

　　我说那你没问问她房子的事儿啊？室友说我还没问呢，她就自己提了，她说你们肯定讲什么的都有，那是前男友分手给的补偿。我使劲儿吞了口唾沫，分手赔一栋房子，算上之前的那笔，这创业都攒两桶金了！室友坏笑着说，咱们跟小二打听打听，我总觉得他俩有事。

　　我一个不假思索回过去，不能，小二才有几个钱？

　　果然，我不得不佩服室友的直觉和联想能力。不用多拷问，小二就老老实实交代了自己跟郑小姐的地下情。两人在一次采访中认识，然后从精神到肉体都打得火热，究其根源还是郑小姐主动。让我们都惊讶的是，这是一场至今没有涉及到巨大数额的投资业务，除了金银细软等日常开销，两人顶多只比普通人奢侈那么一点点儿。唯一不同的是，小二知道比自己大四岁的郑小姐的来路，也深知比起家底是九牛一毛，但仍旧情深意重地盼她"安定下来"。

　　拜郑小姐所赐，有段时间小二特别消沉，找我们喝酒每次都酩酊大醉，天天像霜打的茄子似的。只要郑小姐不理他，他就会闯进我们家，让室友第二天去公司探探情况。这可为难了中间人，总不能告诉他心上人跟一个老外出国度假去了吧。

郑小姐生日，他请了七天年假，不吃不喝窝在家里画了幅油画，画中的郑小姐比他人描述中的要柔软和美好许多，给我们感动得一塌糊涂，不约而同表示要把自己的肖像权无条件转让给小二。结果，据室友说，那庞然大物至今还罩了块破布被扔在墙角。

就算用脚趾头想都知道，郑小姐是在耍他，什么鬼扯的地下情？纯粹就是没事儿的消遣。但在小二眼里，郑小姐绝非我们想的那般物质和绝情的女人，都说女人傻，可我眼瞅着男人发起傻来也是惊天地泣鬼神。他像鬼迷心窍了一样坚持自己的真爱能打动在外漂泊的心，还曾因为收入原因想过跳槽，但我们都劝他，这么有才华也深得重用，不坚持一下就白费了。

后来真就白费了，小二被公司解雇，原因是春节出外景的时候，报销的账目有问题，一多半让他揣进了自己的腰包里。

不知道这事儿跟郑小姐有没有关系，也不知道两人还是不是保持着关系，我听后也只能苦笑。几万块跟几千万比，还真渺小得让人不忍直视啊。

从此以后，小二就不怎么跟我们联系了，有关郑小姐的新闻也越来越乏善可陈，不是换着模样的豪车接送，就是又跟哪个高层传出绯闻，但这次不是性骚扰，据说年底节目改版，她挤走了一个资深记者，马上就要接手黄金档了。

正当我满怀期待、朝圣般地走进郑小姐工作的地方，却怎么都找不到跟照片里相似的那个人，只能打电话给室友寻求支援。室友说，你没看早上的新闻啊？一个妙龄女郎在自己家门口让人给捅了，家里也被翻过了。

　　我说看了啊，咋了？她说那就是郑小姐！人在医院呢刚抢救出来，说没生命危险，但这一年半载肯定是见不着了。我下意识地说，啊哟，这谁干的啊，赶紧找出来又能赔不少吧？室友乐了，说，那可不！

解 high 王的圣战

　　几年前，林宥嘉唱过一首歌叫《解 high 人》，讲的是一个男生跟人群格格不入，扫兴煞风景，却依然那么酷。复古的爵士风，慵懒散漫，好像展开了一个异类的心灵地图。那个时候我刚到香港，每次插上耳机，旋律响起都莫名缺氧，又抑制不住地喜欢这种特立独行，好像不被全世界理解，是一种最高的骄傲。

　　后来，歌词都记不住了，歌名却成了我挚爱的形容词，跟那时傻到冒烟的想法相反，解 high，我总能对照着找出很多精准调侃的对象。如果把一年 365 天做成一个分布带，那我们偶遇、结识、撞到解 high 人的概率真可以算是旱涝保收。这类人四肢健全，没有异化的五官，也吃五谷杂粮、上班休假、结婚生子，有的人甚至有比你更高的薪水和更舒适的生活。但只要他们出现，哪怕是出现在手机另一端传来的信息，就一定会以自恋为圆心，以偏激的想法为半径，向四面八方推送出足足的负面情绪。不管你是多么心花怒放，兴致勃勃，此刻所有的 high 都被他解决殆尽，像无端被人放了气的皮球，竟无语凝噎。

起初，我还感激自己居然被留了活口，慢慢才发现是自己太傻太天真。其实早已化身学校门口小摊贩笼子里的仓鼠，还有个洋气的名字叫阿姆斯特熊。活得好好的，被撂在滚轮儿上绝望地疾速蹦跶，偶尔恩赐喘口气，只是为了接下来爆你更没商量。

　　公司里来过一个精于解 high 的实习生，我们这帮大姐姐以为逮到了作威作福的机会，结果没两天就被人把脑子踢晕了。

　　比如，大家在热烈讨论一个品牌，她会提出异议，"这个牌子不怎么样，早过时了，而且爱用它的都是二奶范儿"；我们疯狂追一部电视剧，她会说，"太小儿科了，主人公好幼稚，剧情的编排都是 bug"；组里讨论周末去哪儿聚餐，她又慢条斯理地发言了，"我以为你们职业这么高端，都不吃火锅呢。火锅吃一身味不说，多像农民工啊"；就连放个假打算出去玩儿，姑娘都会好心好意地劝告"华盛顿啊，也就那么回事，没有大城市气息"云云。相信不用我把例子举完，你已经没有力气翻页了。

　　还有技能扎实的，几乎每句话里都带着对你兴奋点的鄙夷，附赠对自己独特见解的炫耀，这一加一大于二的效果异常壮观。更难过的是，我们因为生活、职业、人情等种种复杂因素，不能痛快地与之切割，只能一边接受凶险彪悍的寒冰掌，一边默默掐紫了大腿，特想撞墙以谢天下。

　　不得不提那个用到滥的谚语"一千个人眼中就有一千个哈姆雷特"，每个人内在想法的表现都不相同，而解 high 者跟常人的最大区别，就在于他们信手拈来、天然去雕饰的发挥随便就能给别人带去极大的不快和尴尬，而自己的浑然不觉又在某种程度上加重了效果，以平方、立方的形式反弹到对面人身上。等你浑身枯萎的时候，他们就像经历了一次舒畅的排泄，神清气爽，还不禁为自己如此真性情叫好。

我曾经跟朋友讨论过，解 high 这种特质究竟是天生的，还是后天再造的。虽然没有统一结论，但无疑都是身体里有一块非常异质的元素，就像血液中的癌细胞，或者脸上一颗突兀的媒婆痣。这期间有人觉察出不对劲儿，赶紧寻医问药，临床治疗。而更多人则抱持着世人皆醉我独醒的态度，立志不与众生同流合污，让自己的哲学和教义无拘无束。

性格这个词太大，但它无疑决定了你跟周围的相处风格，和接纳周遭气场的方式。性格好的人，可以安之若素，通情达理，得到的反馈自然是善意的。人们不会因为你的失误而跟你斤斤计较，更不会在你为难的时候过河拆桥。你的理解和宽容不是墙头草，更不是对谁的妥协示弱，只是在尊重和稳定的前提下的一种礼貌，同时，也给往后行个方便。

相反，如果一直拎着一颗剑走偏锋的心来面对生活，就会跑偏得特别严重。有的出于自负，有的源于自恋，有的无非是不能明说的酸葡萄心理，单纯地效仿一种只要跟别人不一样就是脱俗的理念，说到底都是因为过不好自己的生活，却也绝不能见别人的好。

所以，别人的 high 必须要肝脑涂地地去解，别人的快乐切勿心平气和地去追随，把集休精神扭曲成随波逐流，把普世价值涂抹成人云亦云，一心想要登高望远，别出心裁。这种人不但会用自己的标准苛求别人，还会为大家不能给予足够的关注而心存怨念。久而久之，就变成恶性循环。

为什么会有这种差异？我想在没有足够医疗证据的情况下，谁都不敢妄下结论，也不能一下子给人扣上个人格缺陷的大帽子。但有一点是可以肯定的，他们的思考和参与社会的方式都是原始型的。也就是说，在我们身上必备的吸收—消化—改善—回馈的过程，到了他们身上只体现出一半，这就像腔肠动物一样，进和出同一个体系，不知道交流是什么。

合群跟唱反调这个事儿，有时还真不是一念之差。

加缪在《西西弗的神话》中说过，一个人始终是自己真理的猎物，这些真理一旦被确认，他就难以摆脱了。

我相信每个解 high 人的心里都有一种唯我独尊、别人皆屎的认知，为了这崇高的信仰，需得敲锣打鼓，一边挥舞着斧头大喊"杀啊"，一边冲锋陷阵，浴血奋战。

这是人类文明史上罕有的新形势，杀伤力绝对不亚于基地组织，他们对和平和健康的仇视情绪演变成大规模杀伤性武器，带着推翻和重建的意念，打响战争。

这就是为什么碰到解 high 的，我们一般都不敢与之抗衡，只能用被狗咬的原理自我安慰。

如果你非不信邪地顶撞上去，只有两种可能：一种是被人肉炸弹伤得体无完肤；而另一种，就是用激烈反应成功感染到解 high 病菌，然后迅速在体内蔓延壮大，从而名正言顺被发展成其中一员。

不能接受世间的常态，甚至要格格不入，是最愚蠢的异想天开。

至于他们有没有救，带有这种侥幸的本身就是大错特错，一介草民想不知天高地厚地去拯救解 high 王，是对他们高贵身份的亵渎，就像没人想去劝降基地组织的头领一个道理。他们不光会活得风生水起，幸运者还能找到同类手拉手去蹂躏这个世界，从此加固信仰，丧心病狂。

　　所以我们能做的，除了不加入他们的组织，就是戴好防毒面罩，虽然要忍一时之憋闷，总好过失血过多，不省人事。

爱人不疑，疑人就别爱

侦探小姐最近频繁失眠，我成了她夜聊的固定对象。

她的半夜恰逢我中午，场景通常这样展开：我一边接着电话一边游走于各大商场中，随时根据聆听和劝慰的强度调整步速，等口干舌燥之后再找一家店坐下来，点上午餐继续聊。

十次里有十一次，对话都以"我吃饭了哈，回头打给你"结束，事实是我从来没再打回去过，每每都是她的铃声在第二天相同时间如约而至。熟悉我的那几个店员应该很纳闷，这个亚洲人不是心理医生就是心理有病，成天哪有那么多电话粥可煲啊！

再这样继续下去，我真的要从心理医生升级成心理有病了，而且是自动升级。

可她说，如果没有我，真的不知道该怎么办了，要是他定力不够怎么办？要是他前女友以权谋私主动勾引怎么办？要是他们两个人心里还有火花，擦枪走火了又怎么办？

我的任务，就是每天负责解答同类问题。然后从她的新发现、新观察中去深入挖掘，给那些新的可能性投上神圣而庄严的一票。

一切起源于她的男友要跟前女友的公司合作一个项目，于是她迎来了人生中最大的梦魇。

　　这种事，搁大多数男人身上都不会主动提。一是觉得多一事不如少一事，二是抱着得过且过的侥幸心理，不过是个把月的项目，又不是一辈子。

　　但在侦探小姐看来，这第一步，男友就已经出现信任危机了。天赋异禀的她本来就是个督查狂人，敏锐的嗅觉加上寸土必争的信条，方圆十里之外都带着一股肃杀之气，恨不得把男友从头到脚都刻上大字，明明白白标注为：私人财产，闲杂人等不得靠近。

　　在以前，男友都会兴致勃勃地跟她报备，偶尔讲一些合作中的趣闻。这次一笔带过的语气和打哈哈的神情，让她一把就抓住了疑点。于是，她以逛街为名，找男友同事吃了顿下午茶，答案立刻水落石出。

　　打给我的第一个电话，侦探小姐几乎是带着哭腔的。在极度悲伤中，她细数了男友最近的种种异常之处，比如回家的时间明显渐晚，待在公司不接电话的次数明显增多，对手机的来电和信息明显更上心，对工作和同事谈论的频率明显降低，等等。这些都证明她的推理是明显正确的，对方心里有鬼，也许还动着更进一步的歪脑筋。

　　我听着听着觉得不对，虽然整体气氛悲伤凄苦，但仔细品来还是能察觉到一丝炫耀的意味在里面，"看看，真不枉我天天听声辨味闻苍蝇，果不其然吧？真相只有一个，凶手非你莫属。"

　　凭借极高的职业素养，侦探小姐开始了她漫长的抓包之旅。除了例行公事的偷看手机、邮箱、QQ等通讯工具，还多了一个十分新潮的爱好，就是打开前女友的个人社交主页，逐字逐句逐图地进行彻底分析，去探究敌人的当时情绪和可能动向。每当有关工作的内容出现，她都会一激灵坐起来，竖起耳朵睁大眼睛，把配图放大到200%，从2D到3D全方位无死角地寻找证据。如果是抒发情感类的自说自话，那就更引人入胜了，一定要自动自觉地把某些暧昧字句扣到自己男友头上，尽管知道对方已经结婚了。

结婚怎么了？只有拿结婚的幌子出来勾引前男友，才不会被怀疑、被议论。这种人太奸诈了！侦探小姐如是说。

我庆幸以后能跟祖国母亲一条心了，就算上了联合国大会议席，也绝对是投反对票最少的。

侦探小姐忍住了内心的种种煎熬，并没有在男友面前露出马脚，依然是相安无事的样子。只不过在互动环节加入了"心虚指标阳性检测"一项。要知道，深入彼方阵营也不是件轻松事，多亏有颗铁石心肠坐镇，让她能在甜言蜜语中都不忘话里有话地探听一下。语音语调是判断环境的基本条件，遣词造句更是不能忽略的关键因素，如何能让罪犯制造最完美的不在场证明然后顺利脱身，或避开与案发时间相近的出场顺序，这些都成了我们电话里讨论内容。

我渐渐从一个推理小白变成了熟知指纹、脚印、毛发检验等侦查知识的半吊子侦探。不过侦探小姐属于学院派，她虽然有极强的理论知识，实践本领却近乎为零。因为她只会找疑点，却从不破案。而疑点总是会越积越多，越看越相似。当所有的细节都要被二次推敲，所有的生活都要暴露在显微镜下时，哪怕一点点的蛛丝马迹，都会衍生出一个让人心惊肉跳的情节，且统统直指男友的不忠。这时候，真相是什么就已经不重要了。

前些天两人下馆子，男友跑出去接了个电话就让她夜不能寐，不停地跟我说，你看他要是光明正大，为什么不敢在我面前说话？

我一叉子戳起厚厚一撮沙拉菜，翠绿翠绿的布景上，黑醋汁顺着脉络直往下淌，那奔流不息的样子特别慌张，格外刺眼。

我说你们去的不是一般的饭店，那是喝酒撸串的地方，不信你现在就再去一趟，在里面给我打电话，要是能听到一句完整的话，就算你厉害。

她没吭声，也许有一万个理由等着跟我犟，只是身心俱疲，没什么力气施展了。

几天过去，电话再度响起，我 hello 都没说完，就听那边心急火燎地问，最近是不是要水逆了？水逆是不是意味着就要跟前任复合了？这不是要命吗，判官你说我怎么办，怎么办哪？

我当时心里的台词是：没错，早该逆了，甭管是水逆、金逆、木逆还是火逆，你男朋友都会跟前任复合一次，这下你放心了吧？

20 多天的水逆，给她生生折腾掉一层皮，也让我领略了星座知识在探案过程中锦上添花的妙用。

我终于忍不住了，劝她说，既然那么在乎，不如直接摊开来问，不然你就严刑拷打加逼供。

她不屑地一笑，说，傻子，他怎么可能说真话，还不如我自己看得清楚。

也是，总之不论如何对方都心里有鬼，而她的职责就是抓鬼。不知道会不会有一天鬼真的就现形了，希望那时的她，也能像现在这样洞若观火，对答如流。

我给她推荐了一部电影，叫《荒蛮故事》，并强烈建议她好好看看最后一个段落，学学人家女主角是怎么面对真相，雷厉风行的。新婚当天发现老公的出轨对象，誓要加倍偿还。她跑上楼顶，跟酒店厨子来一发，被老公眼睁睁看见，再回去跳舞，把小三撞一身血，让婆婆差点儿气挂。人不能光说不练，这才是文明世界里人性和兽性闪光的结合。

　　侦探小姐，其实你也做到了。给信任投毒，是对爱情最好的报复。

人生本该畅快前行，无须活得如履薄冰

每次跟小心大姐吃饭，我的心情都只能用四个字来形容：只求速死。看着她缓慢地翻开菜单，从第一页不疾不徐批阅到最后一页，将每一道新品都猜测点评一番，从要不要尝试和会不会踩雷当中反复徘徊挣扎，最后再慢条斯理地合上双手，说，还是要青椒肉丝吧。

从表象上看，听说她们有个统一的学名，叫选择障碍症。

但深究起来会发现，小心大姐还是技高一筹。毕竟不是谁都像她一样，无论经历多少次左右摇摆还是最终拿起老三样的。很多人说她们在买衣服包包时会纠结得原形毕露，这我倒无从考证，因为小心大姐不买包，也从不随便添置衣服。对一个生活充满了计划和规律的人来说，这些开销不符合她的核心价值观。我想，如果吃饭不是身体必需，那应该连上述场景都无缘一见了。更准确点儿说，她不是吃饭，是进食。

小心大姐比我大五岁，单身未婚。她常挂在嘴边的一句话是，到了我这个年龄，凡事已经容不得失败了。

听上去多么地刚劲有力，事实是，她的确没怎么失败过，但也并无成功的事迹。形象点儿说，这一年又一年就像铁锅炖鱼，火候不变一直咕嘟，充其量就是中间添几碗水的问题。

我很害怕跟她就同一件事发表观点，在对面那张缜密的大网前，我总显得像个进化不达标的野蛮人，从来都没有耐心去纵观全局，逐条分析，再把利害关系和主题特征以坐标点为圆心，根号三为半径地划出影响范围。所以，认识她之后，有一度我总感觉非常自卑，觉得自己是个粗制滥造的尾货，身上没一处零件经得起推敲。

反观如此精细的小心大姐，活了这么多年，人生都从未偏离过轨道。

公司有一段时间要成立新部门，人事找她谈话，想郑重地交予她这个权力，从此独立出来，只跟总编辑汇报。小心大姐仔细盘算了两天两夜，最后诚惶诚恐地掰断了这根橄榄枝。事后跟我聊起，大意是，年轻人，你们不能只看眼前。短暂的晋升机会纵然诱人，但如果因此得罪了现在的领导，在公司的地位就会发生天翻地覆的改变。想想未来路上的刀光剑影和艰难险阻，为什么还要给自己下这么猛的药呢？

我颤颤巍巍接受完教育，回家做出深刻反省。后来，每看到那部门的人，我就觉得是一帮鬼迷心窍的人走了独木桥。再后来，他们竟然敢叫日月换新天，还连续拿了两年大奖。小心大姐心态倒很平和，说运气偶尔也是会眷顾傻瓜的，但那是绝少数的概率，还是不要轻易尝试为好。

在谨慎型人格面前，他人的运气应该是最大的天敌了。总是在不该出现的时候蹦出来，冷不丁地在背后给你一棒子。

可说心里话，小心大姐的运气一直也都不差。虽然说单身了好些年，身边的桃花却是零零散散从未间断过。半年前，她认识了一个小自己两岁的青年才俊，两个人因为对茶道的共同爱好燃起了互相倾慕的火花。打那时起，她的办公桌上就频繁出现快递的巧克力和鲜花，让其他年轻美眉只能望其项背自叹不如，于是前赴后继地转战兴趣艺术班，力求拓展一技之长。

然而世事难料，本应是只羡鸳鸯不羡仙的良缘，终以小心大姐的破口大骂告终。都怪对方在某次约会之后试图用吻别来加深依恋，据说当时的场面实在惨不忍睹，两个人吃完晚餐正在饭店门口话别，才俊说我送你吧，大姐回答不用。"用"字的后鼻音还没落地，就见一张带热乎气儿的白净脸蛋直接贴了过来。0.01秒之后，才俊吃了实实在在的一记重拳。如果让我来撰写新闻标题，应该是"衣冠禽兽众目睽睽下强吻女白领，拷问道德与底线何在"。

这事儿小心大姐至今耿耿于怀，坚称两人还没发展到恋爱那步，自己只是在尚未拒绝中考验着对方。至于青年会如此想入非非，则恰恰印证了姐弟恋本性之脆弱，自己的观望是明智之举。末了还给出批注，提醒周围姐妹，远离不成熟异性，切勿缺心眼儿。

如果说看到一段可能发展的感情，别人是硬着头皮也要上，那对小心大姐来说，则是硬着头皮都不上。

记得有一首晚会歌曲曾唱红大街小巷，其中一句脍炙人口的歌词是，"勤劳勇敢的中国人，带领我们走进新时代"，现在看真有点儿脱离实际。勤劳的人遍地开花，勇敢却好像大海捞针的品质了。年龄越大，自身的防御体系就会不自觉再加固一级，勇气和热血也跟着剥离了一层。人的直觉和冲动被判断力所蒙蔽，权衡利弊就成了每一个决定的必经之路。

然后，连个新时代的影儿都没看到，就光荣谢幕了。

大多数词典的匹配工具会把"前进"设置成"横冲直撞"，把"原地踏步"定义为"三思而后行"。不敢的原因有很多，比方说怕丢人，怕承担失败的后果，更怕到头来落得一无所有。照这个逻辑推演下去，犹豫不决当然更为稳妥，更符合拖延战术。

说不定，用脑过度也是会出毛病的。

标榜自己深思熟虑比认输要容易多了，只不过斟酌再三的结果无非都是保持原状，像小心大姐那样仍旧消化掉老旧菜式。但是做出一副周密思考状，总会让人错觉，好像即使原封不动也是慎重选择的结果，相比之下，只凭热情去描摹的未来是多么不可靠啊！

但别忘了，身体力行的代价或许是半路跌倒，想到而未做的遗憾却无法预知。跟所有的体验相比，遗憾这种缺席体验的痛感往往才最持久强烈，总能在夜深人静的时候爬上山坳，成群结队地干号。

海鲜好吃，因为生猛；人类高明，因为无畏。世界上只有活物才有资格活蹦乱跳，带着一股健康又有生命力的劲头向上攀爬，让人哪怕远远看着，都想跟着振臂一呼。

至于心眼儿缺不缺的问题，五脏六腑里总能取长补短，在新鲜的年月里过早老化，才是最无可救药的吧。

03

那些爱过的人，和走过的路

如果每个人都能用自己的一部分去医治另一个人的伤，
那是不是痊愈的过程就会更轻松愉快，更易如反掌？

别谈钱，谈钱伤感情

抠门儿先生板着脸，咬牙切齿地说，要在身上绑个炸弹，跟所有的星巴克同归于尽。

他双目圆睁，表情狰狞，就像一头要破笼而出的棕熊，目之所及处，凡带有星巴克 logo 的，必将被彻底铲除捣毁。

这个平时跟卖菜阿姨砍价都结巴的小伙子，一天前因为一个始料未及的导火索，跟相处半年的女朋友一拍两散了。

抠门儿先生的女友是个外企白领，可能是环境使然，也可能是文艺气息浓厚，总之有个不痛不痒的习惯，就是每天上班前必会买一杯星巴克，以此作为标志，开启一天的工作。

照说，上班前下班后你是喜欢喝杯咖啡还是吃口韭菜盒子，只要别伤及无辜，都不是什么大事儿。但在抠门儿先生眼里，这已经成为一种不可饶恕的、暴殄天物的、必须纠正的恶习。

他坐在我的对面，显然还没有抚平一天前的创伤。耿耿于怀的表情里掺杂着喋喋不休的怨念，三位数的加减法已经来来回回重复了将近一百次，其主旨就是，30 多块钱的咖啡每周五杯，一个月就是 600 多。而以这 600 多元为坐标，他陈列出了一份份生动具体的日常账单：比方说，这些钱可以交完一个月的水电煤气网费，可以实现在帝都从西到东两个对角线的几次打车往返，更可以在旅游淡季换来一张去三亚的机票，等等。但是他的女友，却就这样不知不觉地葬送了这些更有价值、更具实用性的货币意义。

听他说完，一股浓烈的罪恶感袭上我的心头。仿佛闭上眼就能看见一个老奸巨猾的魔术师，手腕一翻端出几杯咖啡，等这些暖流下肚，我兜里的钞票就统统不翼而飞了！

低头瞅了眼手中的红茶，我深深吁了一口气。实在拼凑不出当抠门儿先生苦口婆心地对女友讲出这些，对方却一个激灵弹起来，矫健地泼过去大半杯香醇摩卡的场景。

只能说，这是一个缓慢积怨的过程。不然也无法解释为什么分手不到 48 小时，女友就能连发数条朋友圈，狂轰滥炸加冷嘲热讽，说自己瞎了眼才去交往一个举世无双的铁公鸡。还大胆对前任的生活给出预警，直言要是有人脑袋进了水去当他的下一任，自己就敢裸奔出门什么的。

抠门儿先生合上手机，有气无力地瘫坐着。可以想象，任谁看了这番谩骂都会引发心脑血管堵塞，更能理解眼下他之所以如此绝望的原因，哀莫大于心死，八成也是怕预言就要成真。

按照此男的思考逻辑和消费观念，能在现代社会找到一位女友，已经实属不易。

并不是说抠门儿先生就十恶不赦到了要孤独终老的地步，而是他对于金钱的爱护跟计算，完全超越了平凡人类的认知程度。除了标准葛朗台式的生活习惯，例如算账精确到小数点后一位、不多花一分不必要的钱、随礼送份子能免则免等等之外，他还具备了现代人的忧患意识，几年来他把赚的钱分散到基金、保险、股票等各大理财领域，并幸运地总有盈余，老实说也算同龄人中坚实的中产阶级了。

他刚买车那会儿，一群人出来聚会，散伙时大家说，判答回国一趟路也不熟，你把她送回酒店吧。抠门儿先生犹豫了一下，支支吾吾小声说，最近油价太贵了，我可不可以把你送到地铁站？

往事如烟，我却还能在这儿跟他相谈甚欢，也真是不长心啊。

爹妈那辈人有个段子：别谈钱，谈钱伤感情。现在看来是越发在理。朋友也好，恋人也罢，一旦触碰到金钱往来，就会检验出一些让人不忍直视的特征来。虽说每个人都无法将"大方""抠门儿"的界限确立得泾渭分明，但无疑，舍不舍得花钱，在多数人心里几乎就可以跟"够不够意思""爱不爱"画上等号了。

这么说真丢人，就好像天地辽阔到处都充满了刺鼻的铜臭味。但事实是，在价值观早已通货膨胀的今天，也有不少人试图撇开跟它的捆绑。不论男女，婚前提倡 AA 制，礼物从简，购物理性，旅行住店以经济实惠为上。这样挺好，关键是，你得找到一个志趣相投的对象。

拿抠门儿先生举例，且不说他是不是极端，但凡能遇到个比他还精细的姑娘，那是不是也可以理解成一拍即合两情相悦呢？从辩证的观点看，女性开销大有其必然的发展属性和分工需求。男性对姣好面容的倾慕跟女性对漂亮衣服、神效化妆品的痴迷是成正比的，即便抛开异性的判断标准，为自己积累社会向心力和普遍认同感，也是一堂必修课。

而从男性的角度说呢，赚钱的辛苦程度跟维护钱的用力程度自然也紧密相关，何况许多恋爱关系也有着不确定性和飘移性，想说服一个计较的人一掷千金，真的还不如去盗墓。

爱情相处的哲学就是矛盾无解，类似人的不同宗教不同信仰，千万别试图驳斥任何一方，不但徒劳，还会充分暴露自己的人性弱点，成为被对方攻击的理由。从不同的立场上看，吝啬是弱点，奢侈也是弱点。要么接纳，要么躲开，千万别随意践踏。

与其死咬着一辩对错，还不如按心理接受范围，用优胜劣汰法则来归纳。若交往了一个爱花钱的女友却视掏腰包如割肉般痛苦，最好的办法就是两个人都及早抽身，女方可以再寻到一个慷慨解囊的谦谦君子，男方也有机会邂逅到勤俭持家的贤良妹子。大家在双赢的路上并肩前行，才能相安无事，共同开创未来。千万别妄想改变一个人的秉性，或是一毛不拔就套牢真爱，这种事的发生概率，可以等到火星撞地球的那天，我们再来讨论。

当然，所谓的优和劣，也只不过是你在她心中的地位。仅此而已，与其他人半毛钱关系都没有。

看脸小姐的马卡龙定理

都说女人有两个胃，一个装主食，一个装甜品。那些让我们眼花缭乱、口齿生津的玩意儿中，有一样不可不提，就是马卡龙。马卡龙之于雌性动物，就像牛排之于西餐，陈绮贞之于文艺青年，帆布鞋之于安妮宝贝，可惜我却对它始终提不起兴致。杏仁粉、蛋白加糖的组合甜出了我的承受高度，还有那公主一样易碎的心和敷衍的馅儿，总结成一句话就是：只好看，不好吃。

即便这样，身边的姐妹们依旧逢之尖叫。从让人浮想联翩的翻译名开始，"少女的酥胸"就带着一股上流社会的气质。一个个色彩鲜艳、娇嫩欲滴的小圆饼顾盼生辉，在橱窗里漫不经心地挑逗着你的神经，怎么舍得拒绝，谁能忍心错过？

她们看着马卡龙眼睛发光的样子，几乎完全掩盖了其味觉上的缺陷，那种发自内心的兴奋和狂喜，简直跟看见帅哥一样。

我的女性朋友们，几乎用外貌协会和非外貌协会就能完全划分。哦，男的更是如此。外貌协会当中，又可以细分成恪守不渝和见风使舵两类，前者最让人肃然起敬，无论为人处世或交友择偶，统统遵循此唯一准则。

看脸小姐就是这样一个以身作则的主儿，在她的判断标准中，只有好看和不好看。如果你能有幸被划分到第一梯队，那么你便能高枕无忧一路通达；若不幸沦为二等公民，就等着忍受死不瞑目的嫌弃和冷遇吧。

说起来，看脸小姐长得不差，身材工作样样上等，就连交过的损友、被骗的感情都能比别人多出一集装箱来。在她的客户里，如果遇到帅哥，那条件价格都好谈，哪怕自己赔点儿也要促成愉快往来。就连租房，颜值高的房东都愣是能用漏水发霉的天花板在一众样板间中杀出血路，让她欢天喜地地搬了进去。

唯一的一次相亲经历，她因为对方没照片中呈现的那么溜光水滑而愤然离席，时隔一周还在抱怨现在男的都太不要脸，居然好意思拿失真的复刻品去当求偶名片。此后凡遇照片平面图都会保持谨慎，只信奉眼见为实。

就因为掉了轱辘的前车之鉴，她才在认识了无良先生之后惊为天人。也不怪她，说心里话，作为一个黄宗泽跟李敏镐的综合体，无良先生实属一睁眼就能迷倒一片的类型，那双能放电的双眸堪称人生中无所不能的通关卡，加上一米八二的身高和倍儿溜的嘴皮子，在某个时刻你会深信不疑，女娲捏出这样个尤物，就算他真做了什么无良的事儿，都对得起这张脸。

八成看脸小姐最初就是这么中的毒，此后越陷越深，到了赴汤蹈火的地步，成为无良先生的首选三陪。不计工时随叫随到，从加班熬夜到买菜修鞋，她都像女保镖般常伴左右，就算知道对方的暧昧对象无数，也仍旧情不自禁地描绘出一幅可歌可泣的英雄画卷。

无良先生应该也是从小就深谙自己的优势，对待异性毫不手软，生生把看脸小姐培养成了一个火锅专业户：不怕涮，使劲涮。每当无聊想打发时间，或是脱不开身还有杂务待办，她都是那个轻松一按的快捷键。当然，一只锅里也得有硬菜上台，无数只鸽子就这么被放了一次又一次，两三年里从不见看脸小姐生气走人，俨然可以请个放生功德箱。

她从来不避讳对无良先生那张脸的迷恋，甚至引以为豪地颂扬这是自己不离不弃的动力所在。我常觉得，如果是穿越到了古代再换个性别，她绝对能做出比周幽王为博褒姒一笑点燃烽火台还疯狂的事儿。

出于好意，我曾用飞蛾扑火作为警示来劝告她，谁知人家一本正经地说，没办法，我只要看到他心情就好，他的话没法拒绝，我扑的不是火，是朝霞。

也不知道她听没听说过：朝霞不出门，晚霞行千里。

芝加哥大学心理生物研究所做过一项调查，当男人受眼前美女吸引的时候，会大量分泌唾液，口水中的睾丸素也会增加。所以电影里的夸张情节没骗人，科学证明，一张好看的脸可以直接导致人的生理反应，在吞咽动作的刺激下产生进一步示爱的动力。

我把这当成看脸先生朝秦暮楚的主因，跟看脸小姐相比，他可太没有原则了。交过的女朋友个个美艳动人但个个短命，最常做的一件事，就是在一段恋情玩儿完之后跟你抱怨自己没人理解、没人爱护，好像是命定的天煞孤星。你以为他眼瞅着就要住进孤寡老人福利院了，人家手机里却从来没停止过撩妹信息，要是把各大交友软件的使用心得写个报告，肯定能招来不少代言。他每撩成一个妹子，过段时间准会跟你吐槽对方思想上跟他不同步，热情突遇寒冰，要么是孩子气，要么是太过现实，于是又自动进入下一循环，如此往复，不眠不休。

这就使得理想的统一性和纯洁性遭遇到了威胁，比方说你的主旨是找个漂亮姑娘，那就不该在泡到手后又去要求人家的心灵深度；而那些想跟你好好相处的、有耐心包容你小性子的妹子，你却因为人家相貌平平就爱理不理，除了说你是得了便宜还卖乖，真找不出更贴切的形容了。

他倒是振振有词，哀号自己是要认认真真去恋爱的，喜欢好看的没错啊，把漂亮当前提更是放之四海皆准啊，但两个人在一起得有起码的互动模式吧，不知疼不着热真是太让人心寒了，对人这么漠不关心，亏我当初对她还那么殷勤。

于是我闭嘴了，一方面觉得有那么多整容医院，说不定日后会成为全人类的救星。另一方面也真心希望青蛙变王子这样的奇迹可以再次上演，让我也领略一下完美情人的原音重现。

诚实点讲，没有人不喜欢美好的事物和美丽的人，所有的视网膜都是同一构造，对美的倾慕和追求自然不分国界、不论语言和性别。就拿第一印象来说，长得优胜往往能占尽好处，不管主客观形势如何，总能先得一张优待券。如果是职场面试、相亲饭局，相貌尚佳者也能为自己赢得先机，在接下来的发展中提高胜算。

这就是为什么大家那么爱马卡龙的原因。可我真想问问姑娘们，你们是爱吃呢，还是爱看？照我说，面色单调的芝士蛋糕更有滋有味，甚至是稻香村的山楂锅盔，都胜它不知几百筹。不过，如果碰到绝不偷工减料的外貌协会，我多半会怀着敬畏之心不与之争辩。总觉得他们应该是在某处有不为外人道的难言之隐，就像旧时代被饿坏了的孩子，心理障碍早早形成，迎来新生活之后更要拼命天天吃肉，有种亏着了补不回来的感觉。

把美作为判断事物的标准，万万不该被讨伐。悦目直达赏心，这是多么金风玉露的相遇，但就像看脸先生这样的，追的美是一回事儿，到手的美是另外一回事儿，总不能每一次走到这一关都被卡住当机要退出重启吧。在敲锣打鼓之前，先问问自己能不能接受女神或男神走下神坛的样儿。要是依旧怡然自得，那倒值得称颂，别等生米都煮成了熟饭，再叶公好龙一样地丢碗跑路，总不能当个心理建设一直未完成的孩子吧！我想知道，如果看脸小姐有天真的跟无良先生在一起了，看着西装革履玉树临风的他在家里邋邋遢遢，屎尿屁迎风招展，一边看电视、一边剔牙，一边咂吧嘴、一边抠脚的样子，还会不会像当初那般神魂颠倒，如痴如醉？

人生哪来这么多导师

最近地球上发生了三件大事：联合国安理会通过了二十年来对朝鲜的最严厉制裁；传媒大亨默多克四婚，娶了个金发长腿美模；讨教先生在近半个月的挣扎困惑中情绪终于崩溃了。

一个人在而立之年依旧踌躇满志，不甘心变成生活的烟灰缸，薪金水平不上不下，工作空间可上可下。偏巧身边的一众朋友热血沸腾地想鼓捣出点儿名堂来，拽着他入伙，把创业形容得犹如吃唐僧肉一般神乎其神，甜美醉人。这事儿不管谁摊上了，估计都要反复琢磨好一阵子。

不过让讨教先生崩溃的，并不是选择去、或者不去的问题，而是他在原本就棘手的问题上，给自己又弄出了一道更高难度的附加题。简单点说，就是他不光要做出选择，还要决定听谁的话，把哪一方的意见、观点纳入到真正的议事程序中去。

讨教先生的成长经历，完全可以拍一部真人秀节目，名字就叫《中国好学员》。也不知道是人缘太好，还是天生丽质、恰逢其时，每当遇到问题，总有导师从天而降，带着智者光环点化世人，菩提树下豁然开悟。他也一直引以为傲，说自己这么多年就没走过弯路，良师益友们一听到他的呼唤就会吧唧一声按下按钮，大转椅随即为他转身。真是长夜里，路灯闪闪驱黑暗；征途上，路灯闪闪把道开。

这一次由于事关重大，讨教先生一共找了四位导师，在他要不要跳槽这个问题上给出评审建议。可没想到导师们讨论激烈，最后得出的票数竟然是五五开势均力敌。

甲方坚持认为不能放弃现有工作，这工作虽然算不上风光无限，可毕竟是一步步打拼出来的，安稳有保障，综合指数也羡煞旁人，不必非去冒险不可。

乙方观点鲜明地表示，树挪死人挪活，加上当今的创业大潮势不可当，在如此优良的大环境下，失手的概率可忽略不计，再看看那些尝到甜头的人，早就一个个腰缠万贯了。

手心手背都是肉，还个个分析得深入中肯、合情合理，本来就头大的他一下子急火攻心，满嘴起大泡，扁桃体还争气地显山露水，肿出了历史新高度。

我劝他把导师们的意见权当个参考，还是静下心来跟自己对对话，问问自己的心究竟想去哪儿。他当即强烈反对，说我们这个年龄没有足够的阅历和理性思考，总是意气用事，所以才格外需要别人的指点和帮助。末了，还用拉风箱的沙哑嗓音挤出来一句：听人劝，吃饱饭。

看着他缓缓离开的背影，就怕他饭还没吃上，人就先挂了。

记得刚认识讨教先生那会儿，他身上还没有显露出这么多中年男人的疲态。一个最强烈的印象就是非常友善，且格外把别人的话当回事。有一回他穿了一条米色西裤和白皮鞋，一跷二郎腿就露出中间一截特扎眼的黑袜子，我随口说了句，你穿白色袜子好看，结果仁兄此后不论身上、腿上颜色如何更替，脚上都非白袜子不穿，比之前更滑稽的奥利奥式景观就常尽收眼底，让我每次瞥见，都极度内疚。

你无法想象，这么一个上进、谨慎又低调的人，其实是开跑车来上班的。

这也要感谢他两年前的一位导师，那会儿讨教先生差不多攒足了一套房子首付的钱，正盘算着要在什么地段买下人生的第一个窝，同乡会上刚好认识了这个身家可观、事业风生水起的大哥。

几次攀谈下来，他觉得受益匪浅，大哥的远见卓识和滔滔不绝让他的敬佩之情油然而生，恨不得马上就要拜倒在其门下。

对不动产一事，大哥给出了独特的观点，觉得这年纪轻轻的还孑然一身就急着买房是没出息、守旧，把钱投资在车上方为明智之举。车是男人身份的象征，房子哪儿能随身携带？有了好车不光周围人会另眼相看，泡妞时更是艳压群雄的关键筹码，等再过几年，房子又何须发愁？

恍然大悟的讨教先生速速给自己的 SUV 判了死刑，拉到二手市场里随便处了，然后购入了一台能晃瞎凡人双眼的双门跑车。上班时，看着他走下来按响手中钥匙的一瞬，总有一种门童要交接班的即视感。

导师终究是导师。果然，车才上路三个月，女朋友就翩然而至了。看着花枝招展的姑娘踩着细高跟欣然走近跑车的样子，同事们总在感慨，还是讨教先生稳当，如果换个人，不出三天，美女就已经坐进车里去了。

女友的到来并没有让他舒心多少，反而平添了很多烦恼。之前酒局饭桌、party郊游，讨教先生从来都是亘古不变的酱油角色，可如今却成了众人打趣议论的焦点。车再炫酷、再能跑，终究还是一个摆在那儿的物件，架不住这恋爱对象是活的啊！小姑娘今天穿了什么短裙上班，跟顶头上司飞了几回媚眼，在传达室接到过几回形迹可疑的包裹，就像军中急报，随时都能飞鸽传书到他耳朵边上，更别提带出来玩耍的时候你一言我一语的插科打诨了。

从来都独善其身的讨教先生哪里见过这么大阵势，几个星期下来就方寸大乱了，他总觉得自己找了一个花蝴蝶，引得身边总有一只只吐着芯子的大蟒蛇在晃悠，搞不好哪天连自己也被一口气吞了进去。

几经盘算之后，讨教先生只能和对方摊牌散伙，解释的理由也出自一位情圣导师之手，就是那无论从适用性、狡辩性、掩盖性上都宇宙无敌的"性格不合"。

这手分得干脆，讨教先生备觉轻松。导师们的伟岸形象在他心目中愈加高大起来，他们在各个领域分立山头，成为了讨教先生心目中不可撼动的至尊领袖。

每当椅子嗖的一声转过来，四目相对的刹那，他都能感受到一种恩泽般的光辉，让自己混沌的生活突出重围，拯救世界简直就是立竿见影的事儿。

这，大概就是我们这群要自己摸黑走路的人，永远也无法体会的优越感。

当讨教先生又开着他的跑车现身公司的时候，整个人都精神了很多。问他有没有下决心，他说快了，带着一种诡异而狡黠的神情，然后凑到我旁边悄悄说，有人帮他找了一位算命师傅，据说很准，定在周五晚上见面，到时候就有答案了。

那眉飞色舞的样子真是久违了，仿佛即将照亮前路的不仅仅是一盏路灯，而是一束熊熊燃烧的火把。

梨可以让，爱情不能

孔融小姐这次让的不是梨，是男人。

她是个非常喜欢用形容词的女孩子，嘴边常缓缓地吐出些包罗万象的修饰。在形容这位心上人的时候，她会说：很干净、很阳光、很温暖、很有才华等等，掏出一打一打的定语，但就是无法开宗明义，让人一目了然。这倒是跟她内心的曲折和迂回形成和谐共鸣，就如同这段感情，还没开始，就被掐死在摇篮里了。

她跟心上人在健身房认识，两人住处离得不远，又恰巧常在同一个时间训练体能，轻松友好地播下了相互倾慕的种子。我满怀嫉妒地说，能在汗臭和非正常心跳下喜欢一个人，堪比真爱。首先第一步就省去了化妆、娇嗔等繁文缛节，还能顺手牵羊拿到互相鼓励、互相监督的实惠赠品，这比其他要谈恋爱的人，已经领先几大步了。

那时他们正在暧昧中眉来眼去，浑然忘我，隔三差五约着看个电影，有时候互道声晚安，俨然火箭发射前的测控状态。

小姐妹就是在这个不当不正的节骨眼儿出现的。说是小姐妹，无非就是公司里比别人略熟一些，吃饭搭个伴，逛街搭把手的同事。

彼此对互相私事不过问也不清楚，看上去挺黏腻，其实大同小异。在孔融小姐的形容词里，她活泼、积极，小小的身体里潜藏着巨大的能量。

那天公司拓展训练，孔融小姐心血来潮就把心上人带去了，觉得一来可以增进彼此了解，二来也有些试探的成分在。心上人大大方方赴约，并在人堆儿里获得了一致好评，开局得力，口碑眼瞅着就能冲钻了。这让她非常欣慰，盘算着什么时候转场对接，就可以点火升空了。

中午吃饭，小姐妹凑过来神神秘秘地问，那是你男朋友吗？孔融小姐觉得话不能说得太早，就本着低调做人高调做事的原则没承认。没想到这一否认不要紧，竟激起了小姐妹心里熊熊燃烧的欲望之火。她双眼发出绿色的光芒，极尽溢美之词地把心上人夸赞了一番之后，露出了垂涎三尺的表情。这让孔融小姐极度不悦，又不知道该如何应付，那天拓展训练进行了大半天，她也经历了一半海水、一半火焰的煎熬。

临别时，小姐妹直接管心上人要了电话，出于道义，当晚还给她发了几条征求意见稿，内容不外乎是进一步询问她俩的关系。孔融小姐不胜其扰，一律以否定句作答。末了，小姐妹心花怒放地说，太好了，那我就放心了。

她是放心了，但孔融小姐的心，从那时候起，就没安生过。

征求意见稿更像是宣战书，心上人也跃升为闲聊中的高频词。公司同事听说孔融小姐跟那位帅哥只是普通朋友，就纷纷倒戈，怂恿小姐妹快快下手，稳准狠地追求幸福。在腹背夹击下，她对心上人的态度也不自觉发生了急转弯似的的变化，从当初的心旌摇曳渐渐演变成意兴阑珊。她有点烦，有点不情愿，更多的是恼火，恼火小姐妹是哪根筋搭错了非要跟她抢，恼火为什么人家就能在短时间内迅速出击，而自己，明明在无人区领空盘旋了那么长时间也不降落，一直到没油了，领空的归属也岌岌可危了。

心上人大概也察觉出了异样，几次约她出来玩儿，无奈孔融小姐迂回的个性就像个巨型迷宫，不要说他人看不到头，连她自己进去之后都走不出来。加上话题偶尔不可避免涉及小姐妹，让她愈发压抑沮丧。几次之后，干脆拒绝了对方的邀约。

说到这儿，孔融小姐用了一个很生动的比喻，她说我以为快要春暖花开了，没想到一下子就被秋风扫落叶了，上班的小姐妹和下班的心上人拧成了一股绳，勒得我上气不接下气，就快阵亡了。我惹不起还躲不起嘛！

说实话，我打心眼儿里觉得心上人无辜，桃花运来得这么不是时候，还差一点儿两车相撞追尾了，怎么处理都有种要车毁人亡的味道。但对孔融小姐而言，一个是情敌，一个是喜欢的人，怎么就能给他俩拧到一块儿去了呢？

她回答说自己也不知道，但事实确是如此。自己如果往前走，会有更多的麻烦和干扰，小姐妹继续纠缠，莫名其妙的三角关系愈演愈烈，她迟早会暴走、会崩溃。一旦退出来，就能把影响降到最低，大家都能相安无事。

我问，你怎么就不能把心里的想法也像小姐妹那样坦白呢？她说，我说不出口。

然后就没有然后了，被她冷落一段时间的心上人知趣消失，与此同时，小姐妹也像有先见之明般闭上了嘴。她的天地清净了，可萌芽中的爱情也夭折了。

形容词此时又出场了，她说自己就像一个良民，讨厌争夺，不喜冲突，只要可以让世界和平，自己放弃也无所谓。

我瞬间醍醐灌了顶，原来良民的构成是如此高尚！在她们生存的环境里，容不得饥荒战乱，看不惯兵戎相见，风平浪静、鸡犬相闻才是常态。她们会拿出中央治理环境污染的决心来杜绝一切不和谐因子，哪怕让爱情隐姓埋名甚至客死他乡也无所谓。别说小姐妹还算朋友，就算现在突然扔过去一个路人，只要春风吹、战鼓擂，她都会微笑着敞开大门，用广阔胸襟欢迎你的掠夺。

男未婚女未嫁，两个人喜欢上同一个人，的确不是大概率事件。这虽不值得夸耀，可也实在犯不上先举白旗，起码说明你有眼光，看上了一个抢手货。至于后续发展，问心无愧就行了。公平竞争之下就算做不到更高、更快、更强，但好歹赢了是光明正大，输了也心服口服啊！

竞争关系在有些人身上，可以激发出无穷的勇气和力量；而放在另一部分人那里，就变成了一种安乐死的针剂，瞬时扎掉你所有的盼望和寄托。皮肤以下，全是怯懦。

说不出口的事儿太多了，无论如何也轮不到拿爱情来当牺牲品。

很想问问孔融小姐，如果下一次再发生同样的事，她会怎么做？毕竟，这跟买东西不一样，不光看买的人手里钱够不够，也得看另外一方想跟谁回家。自己弃权之前，把选择权先交给对方，是妥当，也是不帮倒忙。

不好意思，你想多了

当真小姐是我朋友当中第一个劈腿的雌性动物，对此我只能说，有种。

男小三有个诗情画意的名字，且叫他志摩先生吧！哥儿俩都是空手套白狼界的佼佼者，而且，说的都比唱的好听。

当真小姐也不是没见过世面，但女人对赞美总是缺乏抵抗力，尤其是极由衷、极频繁的赞美。当两个人不那么熟的时候，真诚地给对方戴上几顶高帽，绝对不亚于在她脚下垫几块棉花，忽忽悠悠下，自然而然也就缩短了彼此的距离。

志摩先生拿到敲门砖之后，就开始了无孔不入、无微不至的关心。它们以通讯工具为载体，以当真小姐生活的每个角落为目的，既不显得突兀生硬，又给彼此进退留足了台阶。只要她一更新动向，他立刻荣登快手点赞前三名，同时不忘小窗私聊。就连转发个旅游攻略，那边都会含情脉脉地说，以后我带你去。

这太引人遐想了！再坚强的意志，若不幸遇到了水滴石穿型选手，也总有一天会被捅出个窟窿。从来跟绯闻不沾边的当真小姐，心里渐渐通风了，吹得她一阵阵麻酥酥、醉醺醺，开始不自觉地把现任男友拿出来对比。她生了病，男友吭哧吭哧买完药就走，志摩先生就能每隔几小时问一声，好些了吗？她想跳槽，男友让她慎重考虑，志摩先生比她还兴奋，还一起跟着憧憬未来。在浩瀚的宇宙里，她就这样被当成了太阳，有个小星球一天24小时都不困倦地围着自己转。再看看榆木脑袋的理工男现男友，高下立现。

志摩先生文笔不错，他曾在社交网站上写过一首诗，对，你没有听错，在这个诗人比外星人还稀缺的时代，真的有人会用一首现代诗来表达两个人想爱又不能爱的撕扯和痛苦。看得当真小姐梨花带雨，她一边哽咽一边转发给我说，你看，这分明就是写给我的啊。

几个夜晚的辗转反侧，加上几百个回合的单方面PK，当真小姐暗暗下了决心，打算把跟志摩先生这种不胜凉风的娇羞发展成光明正大、胸怀坦荡的恋爱关系。在叛变之前，她先进行了一次精神上的私奔，拐弯抹角地抛下问题，让志摩先生完成"如果她恢复单身"的后半段造句。

诗人并未正面作答，只是熟练地拿起老本行，来了个，春风十里不如你。

当真小姐放心了，随即用狂风般的速度甩了现男友，再春风满面地把志摩先生叫出来摊牌。当晚对话只进行了20分钟，志摩先生便吓得面如死灰，说，我想你是误会了什么，我们还是，从长计议吧。

然后，那张如丧考妣的脸就再没出现过。

当真小姐这一跤摔得不轻，连续几个星期都恍恍惚惚，心里那个巨大的疑惑一直横在路中间，让她动弹不得，几欲窒息。

为了转移注意力，我在周末把她拉到家里一起看了场欧洲杯，眼前突然出现了一个堪比大罗钟摆式过人的小哥，恍然大悟的我赶紧拉住她，一边比画一边说，你看你看，丫那一套，都是跟人家学的啊。

毫无疑问，志摩先生除了写诗，也一定精通足球。因为他最高明的地方就在于，把假动作融会贯通到了感情中，成功晃开了当真小姐的心理防线，然后直接把自己送到了与正牌男友并驾齐驱的位置上。这么长时间的临床实验表明，这几乎是一个零成本的伪装战术。只要有足够厚的脸皮和足够无聊的心，以打发时间为主，撩骚为辅，行动逼真，步步为营，层层深入，就绝对能在一定时间内让对手注意力涣散，重心不稳。

也许你要问了，运动员是为了进球，那志摩先生的真实意图究竟是什么呢？别忘了，他们拥有诗人一样的情怀，世俗的目标又怎么能入得了法眼？能够让一个面容姣好又名花有主的姑娘对自己青睐有加，甚至与之心意相通、互诉衷肠，难道不是一种颇为崇高的成就吗？她们防备心卸下的那一瞬间，就是他们成功占领堡垒的荣誉时刻啊！不同的是，他们才不会主动进球，一般的结果都是像当真小姐这样，自摆了乌龙。

一个真正爱你的人，才不会滥用温柔让你瞎猜，更不会让你像个爷们儿一样给他扫清障碍，净身出户。爱情的重量是承担，不是负担。那些有功大肉麻的，都是恨不得你早早就误会的，像志摩先生这种光打雷不下雨还算老实，换个生猛点儿的，也许还要从临床实验真的转战到床上去呢！

不过，徐志摩除了林徽因还有陆小曼，每一个都是红颜知己，每一个都是真爱。档期太满顾不过来，大概也是原因之一吧。

所以姑娘们，下次再有人找你当陪练，跟他说好按秒计费。然后，也提高一下自身免疫力和防护系统，否则在假动作面前，当真你就输了。

老话早就说过了：别看广告，看疗效。

懊悔先生的心中长了朵那时花开

　　刚起床，手机就响了，是懊悔先生的微信。翻进他资料，对比了很多张照片才排除了路人甲乙丙丁，历经几个回合的消除游戏，最终跟以前公司那位许久没联系的前辈对上了号。

　　他开门见山，问我有没有小丁的联系方式。小丁跟我同一时期进公司，只待了一年就回北京了，我跟她仅限于朋友圈上不咸不淡的批发点赞，说是互动，也不过只是礼貌性地打卡而已。

　　懊悔先生说，自己上星期去体检，查出了肿瘤。

　　我一时间不知道该如何作答。一个堪比陌生人的通讯录元件，陡然甩给你一条这样沉重的消息。说人生苦短太欠扁，说节哀顺变又早了点。香港跟美国，隔着 12 小时的时差，也让我的安慰，显得异常多余。

　　还好他不介意，自说自话地渲染着自己跟病魔抗争到底的坚强意志。然后，就像所有铺垫结束时都无法避免的那个转折一样，懊悔先生突然很痛苦地说：你知道吗？当一个人的生命要倒数的时候，就特别想去弥补之前的遗憾，尤其是曾经错过的人，所以，我一定要见到小丁。

我这才知道，看似没什么瓜葛的两个人，当初竟然也有过火花。

当然，这是懊悔先生单方面的说法。

想当年，懊悔先生还没结婚，身边只有一位固定交往的对象。在公司的新年 party 上，即将登台表演的他猛然发现自己那帅气的两撇胡子不见了，于是，拉住一个姑娘就把人家派遣到化妆间里去大搜查，最后这道具还真找到了。这个姑娘，就是小丁。

那晚，懊悔先生下了台后，眼睛就没从小丁身上离开过。后来在公司不时遇到，他愈发觉得这姑娘聪明、低调、有品位。巧的是，两个人都喜欢"林肯公园"，还都去听了他们在香港的演唱会。而这一切，都是在事先没有彩排的情况下发生的。

2013 年夏天，懊悔先生独自一人挤进水泄不通的亚洲国际博览馆，被嘈杂声和不耐烦的催促推着向前走，趔趔趄趄寻找着自己的座位号。他突然感到被一只手扯了一下，低头一看是小丁。没有一点点防备，偶然带来的这种触动几乎是爆发性的。

我们都无法想象，在燥热和混乱中，两个人认出彼此的惊喜和庆幸，更何况，这暗示着两人之间那么可贵的默契。

如果时间倒退，懊悔先生也许会马上表白，也许会紧紧拉住小丁再不撒手，但那天，他什么都没做，打了声招呼就分开了。

很多事回头再看，总会叹息"为什么当初没怎样怎样"，就像一个盘旋多年的心结。它让你不经意地被牵动情绪，然后展开一段漫无边际的思想流浪。

没过多久，懊悔先生迎来了自己的第二次机会。出差回来的他在机场碰到了假期刚结束的小丁，两人乘坐同一个航班。那天飞机晚点五个小时，这段被延误的时间，生生地拉近了这对孤男寡女心与心之间的距离。他们天南海北地聊，几乎逛遍了机场的每一家书店和咖啡店。

后来，上了飞机，两人还意犹未尽，索性就换了座位。再后来，小丁睡着了，把头靠在懊悔先生的肩上。气流冲击带来的颠簸一起一伏，搅得他心猿意马，无法平静。

于是，他渐渐在心里做了决定，要斩断过去，迎接新生。

他认定小丁对他有好感，也十分明确自己对小丁的喜欢。但这种模模糊糊的感情一回到现实，就随着周一上班通勤卡"嘟"的一声响，变得异常慵懒散漫了起来。好像可以再等等，再观察观察，直到，他女友怀孕了。

奉子成婚的事儿很多人都经历过，但像懊悔先生这么五味杂陈的，应该不多。

后来小丁就辞职了，原因当然是找到了更好的出路。

据懊悔先生说，最后一次在公司擦肩而过，他还毫不知情，还在商量婚期、订酒店等等没完没了的事情中焦头烂额。等再想起时，他总觉得那次对视的眼神里有许多意味深长的信息，他和小丁就停在那里，而那里就像是一个永远都挖不完的宝藏，每路过一次，都能找到不一样的答案。

我给小丁发了信息，跟她简要阐述了一下懊悔先生的意思。

关上对话框的一刻我想，如果小丁真的也有相同的感受，那这件事要怎么继续才算合情合理呢？

一个刚被检查出肿瘤的病人，不能自拔地沉浸在过往的素材里妙笔生花，这是让看客很尴尬的场景。对于他的每一次感慨和升华，我都无法给出补充或质疑。他说小丁一出现就能让他方寸大乱，还说如果不是这次体检，他还意识不到自己内心深处的呐喊。人就是如此，总要到来不及时，才悔不当初。

可究竟什么算来得及，什么又是来不及了呢？论及两个人相遇的时间，我们总是说在错的时间遇到对的人，于是骂老天不长眼，怨自己不够勇敢，简直恨不相逢未嫁时。

想想这真是个伪命题，一旦关乎未知，无论是人文社科还是动力学，都没法给出合理的解释，任谁都可以摆出一副预言家的样子，在境遇的黑洞里尽情徜徉，写出一千一万种可能都绰绰有余，反正怎么说都不会错。

被时间冷冻过的两个人青春永驻，心意相通，就像冷冻的精子或卵子，不管过多久，仍能长出鲜艳的果实。

可我一直不明白，假如时间是错的，彼此终究要相向而行，那又是谁给你权利认定，那个人就是对的呢？

所以，人生回忆频率最高的两件事，无外乎是得不到和已失去。没有结果的事情，就像没来得及盛放的花，没时间赶去的演出，没钱买的奢侈品。光看看就是那么的心痒痒，再细细凝视一番，是多么美好啊！

这个时候，现实千万不要出来打岔，人们买了通往怀念的门票，为的就是把无数颗记忆的片段穿成珠子随时把玩，它的启发性远大于现实意义。如果被戳破，那就变成了赤裸裸的蚊子血和饭黏子，美感尽失。

风流本是梦一场，懊悔先生只不过放大了感观，还不死心地要付诸实践。

我没告诉他的是，小丁很快回了信息。她说我就在深圳，但见面这种事还是免了。下巴动了几刀磨了磨骨，还肿着呢，你随便帮我编个借口糊弄过去吧！

给极品前任烧个纸

前任这种生物，任谁都要勉为其难地面对那么一次或几次，有时候他就像大街上变戏法一样"嗖"一下从天而降的劣质传单，极不礼貌地绊住你原本优雅的小碎步。尽管你已面露不悦甚至怒目而视，对方还是死猪不怕开水烫，强行要完成指标。有时候就像伪残障人士咿咿呀呀塞到你手里的纪念品，明明残次得饱经风霜了，却还死命拉着你要赏钱。

这种尴尬的独特之处，在于它是大摇大摆搁在台面上的打扰。你说是被冒犯了吧，好像也没啥生命威胁；感觉进退两难想逃之夭夭吧，又怕动作幅度太大引起周围人注意，到头来说你小家子气，人家站了一天还一肚子委屈呢。

2013年，47岁的郭富城跟蹉跎了七年的女友熊黛林分手，本来娱乐圈里迎来送往也是家常便饭，可郭天王语不惊人死不休，老大不小还能抛出让年轻人们都望尘莫及的金句，他说：如果鞋子不舒服，不如换了，硬着头皮穿下去只会流血！

除了20世纪90年代那个土得掉渣的"四大天王"封号，郭富城这种的，无论从口德还是手法而言，都称得上极品前任了。想来熊小姐应该比谁都窝火，当初在一起爱得就憋憋屈屈、心力交瘁，连分了都要被拿来再做文章。后来，郭天王找了个网红，父女恋破天荒秀幸福，也破了明星公布恋情第一时间荣获四万差评的记录。熊黛林随即晒出自己跟现男友的情侣鞋合照，狠狠一巴掌给人打了回去。这口气憋到今天，可算一吐为快。

我也认识个网红姑娘，网店开得红红火火，正值妙龄，貌美如花。因为职业关系，加上恋爱经历丰富，遭遇了史无前例的极品前任，导致大家每逢被狗咬或内分泌失调什么的，都会想起她来树立重新做人的信心。

碰上第一个极品时，她还是个懵懂的大学生，两人是美国留学期间的同学。分手之后，男方表现得挺干脆，过了一个星期给她发邮件说，爹妈汇的钱因为某种原因延迟了，刚交完学费已经弹尽粮绝，希望她借点。姑娘觉得既然分了，这种生活琐事自然与她无关，就压根儿没理。又过了一周，她的邮箱里惊现一封叫作"花销账目"的 Excel 表格，里面事无巨细地记录了他们恋爱这几个月来，从吃饭、打车到住店旅行的每一次费用，条目分明，且精确到小数点后两位，连某品牌 3.99 美元年终大促的底裤也赫然在列。并附上留言说，如果有异议，可以把单据再传给她。

姑娘震惊之余深感恼怒，构思了整整一晚，搜肠刮肚回过去一封哀其不幸怒其不争的千字长文，没有一个脏字地道尽了对男方如此行径的鄙夷。结果，这个引线，彻底点燃了对方蓄势待发的报复之火。在种种勒索宣告失败后，索性一不做二不休当起成钉子户，在人人、Facebook 等社交工具上对她口诛笔伐，打了十几年瞌睡的想象力似睡莲般绽放，如泣如诉地把她描绘成了一个花完男人钱就拍屁股走人的负心女。此举成功骗过了大量素昧平生的无知民众，不但博取到无限同情，还让姑娘的个人主页被踩得千疮百孔。她经不住这个架势的攻击，只能乖乖把钱打了过去，并且小数点后自动进位，这才结束了一场噩梦。

第二个极品是她毕业回国后做时尚编辑时认识的，两人也算是门当户对，几乎走到谈婚论嫁的地步了，但相处时间越长，就越发现男方有很严重的依赖症，恨不得一天 24 小时当她的狗皮膏药，最后退化到几乎生活不能自理的地步。经过了郑重的思考和权衡，姑娘决定分手。谁知这不分不要紧，一分才知道什么叫好戏还在后头。这起事件让她对男人撒泼耍赖起来是多么摧枯拉朽大开眼界，为此，她的父母和朋友都受到了不同程度的骚扰。

男方像琼瑶戏主角一样哭天抢地地倾诉自己对姑娘的一往情深，同时坚信提出分手只是女方一时糊涂，你们作为她的好友、她的父母，有责任有义务有良知劝她迷途知返悬崖勒马，不要让她错过这样一份忠贞不渝的爱情。除了爹妈把自己不争气的女儿骂了个狗血喷头外，她的朋友们在那段时间对某尾号的来电也是闻风丧胆，到了不关机就不能踏实睡觉的地步。

决胜局发生在她公司，周五下班，姑娘跟一群姐妹有说有笑地走出大楼，眼看着一个熟悉的身影步步逼近，一个寒颤还没打完，年度大戏就上演了。男的先是泪眼婆娑地恳求她和好，见她面无表情不为所动，一气之下竟要强吻。受到极度惊吓的姑娘用残存的力气好不容易挣脱开，对方先是绝望地呆立了几秒，然后在大庭广众之下声嘶力竭地喊，你要是不回来，我就不活了！在人流滚滚的下班高峰期，他的声音在公司宽敞的大厅里一泻千里，荡气回肠。以至于周一上班，人们还能哆哆嗦嗦地回味到"不活了——不活了"那余音绕梁的震撼。

不过这一次，她不想再当被捏的软柿子了，带着上一次战败的耻辱奋起反击。直接把小伙子和他妈同时找出来谈判，将分手的理由清清楚楚、明明白白地交代了一遍，也把对方儿子这段时间给她造成的心理伤害原原本本地情景再现了一通。前几天还活蹦乱跳入戏颇深的男主角，在她出其不意的大招之下立刻老实了，那位可怜的阿姨，恨不得找个地缝钻进去，道完歉就把自己儿子连推带搡地塞进了出租车。

不知道是不是因为这一闹，反正姑娘是不想在原地丢人了，辞职信一递就出来单练。这第三位，就是在她开网店时遇到的。对方也是个自己创业的小老板，生性豪爽，比较飞扬跋扈。起初在一起时，男友供货渠道多、门路广，给了她一种做老大女人的优越感。但是小老板脾气太差，低学历高收入反倒成了硬伤。为了避免以后有更深入的暴力倾向，姑娘还是在事业上升期忍痛割舍了这棵大树。

深感受到侮辱的小老板一气之下撂了狠话，说要找人揍她。婉约的南方姑娘哪儿见过这阵仗，何况经营网店是分分钟要靠脸吃饭的，真有个三长两短，那可非同小可。于是她战战兢兢提出和谈，听说我是东北人嘴皮子还算溜，硬拉上我一起去壮胆。

当时，我们经过深思熟虑找了一家隔音环境好，周围毗邻派出所的咖啡馆。从屁股刚沾椅子开始，小老板就一直数落她的不是，说我如何如何对你，你又是如何如何不识好歹。以和为贵的姑娘一直低头不吭声，挺了大概半小时，我实在看不过去了，说，哥们儿我也是东北那嘎哒的，咱说话办事都讲义气对不，做人也是凭个信用没错吧。小老板一愣说，嗯，你想怎么地？我心说，我想灭除土匪，维护当地治安你得同意啊。嘴上仍旧不紧不慢地说，不怎么地，你俩在一起是你情我愿，她当时对你真心实意，一没出轨二没劈腿，没坑过你的人没糟蹋过你的钱，你这样不依不饶就没意思了。

小老板脸一绷，说我怎么没意思了，我说人但凡心里有过不去的坎儿，要么差钱要么差事儿，我看你俩这情分不像是差钱，差的是什么事儿，我还真没想明白。小老板让我一引导，思路也清晰了不少，直接五大三粗地扯着脖子嚷嚷，凭啥她说分就分，凭啥。

我长出了一口气，绕了半天这心结可算找着了。我拉着姑娘的手特诚恳地说，对对，这事儿是她做得欠考虑，不如这样吧，咱把之前那段抹了，重来。这事儿拍板的是你，以后对外统一口径，她是被甩的，行不？

至于第四个，究竟算不算前任我也说不清楚，因为俩人虽然分手快一年，但至今保持着一定频率的友好身体交流。这种关系在我理解范围之外，可姑娘振振有词地说，他是我见过活儿最好的。嗯，你俩都是激情产量过剩，无处消耗只能内部解决，这么说也无力反驳了。

我一向不主张分手之后还有往来，大家各回各家各找各妈，都不缺这一个朋友。虽然是马后炮，可还是想说，谁都不可能一朝一夕之间面目全非，之所以让你现在心惊肉跳，还不是当初去其精华取其糟粕地爱红了眼，把缺点也当优点狼吞虎咽地照单全收了吗？等分手之后缺点放大矛盾激发，才意识到自己曾经辛辛苦苦浇灌起了一株食人草。

会不会被对方妖魔化，分手方式是一个容易被忽略的玄关。既然注定以后无缘，那当下还是下手轻点吧。只要能顺利完成分手这个步骤，没有后续缠绕和过敏反应，适当的善意谎言也算是手术前的麻醉剂。断，不代表就一定要生吞活剥，别让人家都躺案板上了，还疼得龇牙咧嘴记你一辈子，从此之后，你有幸变成了他此生难忘的刽子手。

我挺赞赏那些对前任缄口不言的人，如果实在要说，也挑些无关痛痒的客套话遮遮瑕。鞋再不好穿，都是你千挑万选看中的；饭再不好吃，馆子也不是谁刀架在脖子上绑你进的。越否定对方就是越否定自己，过去的关联不可能跟现在的你一刀两断。凡事都要讲究个因果，倒叙最容易让人思路混乱，心生积怨。而不管好坏与否，当初的印记全部一览无余地写着你的名字，在参与者那栏里，谁都别妄想用修正液给它涂掉。

退一万步讲，真遇到走火入魔的，一定要保持冷静，要智取不能强攻，别让他抓住你的软肋。一旦被对方发现你什么地方好下手，就会反复利用予取予求。一般在爱情中，谁先失去理智，谁就注定先走上不归路，到时候拜二郎神都没用。

网红姑娘颠沛流离地经历了这么多个关卡，到最后怎么看怎么像把自己也逼到极品前任的道儿上去了。这往往是分手怪像中最残忍的一个结果，就像不良习惯的传染和抽二手烟的后患，不知不觉你就陷入了一种同类循环，在一个气场里互相切磋，百尺竿头更进一步。

写完这篇，有人让我也说说现任的极品事，瞬时间我就哭了，如果现任还极品，那你依依不舍的理由又是什么呢？

感情如花草，慌不得也急不来

老天让猴急先生跟吞吞小姐谈恋爱，是真下狠手了。

猴急先生顾名思义，是朋友圈里最有名的急性子。不管是上班工作，还是周末聚会喝茶，他恒定地呈现出一副热锅上蚂蚁的样子，从步履神态到语言措辞，像极了游戏厅里的树洞怪，专负责将人拉进对时间深不见底的恐惧中。他的口头禅是转折类复句，前半句随意置换，后半句永远是"不然就来不及了"。

吞吞小姐刚好相反，我考虑了很久，觉得还是这个名字最适合她。她不光有着慢吞吞的个性，说起话来也是吞吞吐吐。若非相识多年，你绝对会以为自己进了电影中的慢动作回放。

本该是水火不容的两个世界，倒是出于对自身缺陷的深度关注而走到了一起。猴急先生表白那天，吞吞小姐说了有生之年最完整最果断的一句话：好吧。

然而一个月不到，神采奕奕的猴急先生就蔫了。吞吞小姐开始躲着不见他，用各种拙劣的方式逃避他的追捕和跟踪，从那恍惚的神情中隐约可以判断，她不是遭遇到了心灵重创，就是受到了极度惊吓。

猴急先生非常委屈，说自己并没有做什么过分的事，只不过在关系确立的第二个星期，心血来潮问了声，结婚以后，你妈爸也会搬来北京吗？

此言一出，众听友纷纷厥倒。一边钦佩他的超前意识，一边思考如何才能行之有效地让他明白自己的误区。然而，不管我们怎么深入浅出地举例说明，把嘴皮子都磨破了，猴急先生依旧表示，这完全是对未来负责任的雄性担当，就不该遭到狗咬吕洞宾般的恶意中伤。

在表达愤怒的时候，他额头有汗珠沁出，双手不停敲击桌面，桌下的双腿也在有节奏地一起一伏。实在无法想象之前他与吞吞小姐同框的画面，好比一个灶台，左边是滚滚沸水等饺子下锅，右边是陈年老汤慢火在熬着猪皮冻。

节奏这个东西，真是既能压死人，也能拖死人。当然，谁也不喜欢等待和遥遥无期的滋味，所以一不留神，就超了速。至于结果，是手到擒来还是瞎忙一场，就仁者见仁智者见智了。

长期以来，在朋友圈中我们总能看到这样一套签名漂染剂，比如"欲速则不达"，比如"韬光养晦"，再比如"不忘初心"。讽刺的是，它们出现的频率越高，越让你知道这个世界浮躁的一面是如何欺行霸市的，所有人都只能在白日梦中伸伸懒腰，喘口气。

毕竟现实好残酷啊！睡一觉醒来发现你追我赶的战争依旧白热化，适者生存的背后，才是冰山水下的真实面貌。也许就差一分钟，就能差出个职称评级或是工资高低来；也许就差那么一嘚瑟，就决定了"治人"和"治于人"的根本性差异。无论是谁，都抱着一副不服输、不落后的心态在死命奔跑，在累得半死的时候安慰自己说，好歹我努力过了。

来美国之后，我的生活节奏明显减慢。而这里的人，在穿衣出行方面都处处表现着无所谓的淡然，唯有吃不同，他们对有机食品有一股众志成城的崇尚，几乎所有人都表达过对绿色生活的认同，以至于每次我逛超市时，看到一排排其貌不扬的农作物，我都在想，是不是我们从核细胞根源上，就是被揠苗助长强化过的呢。

这自然不可能，最多是根本停不下来而已。但就像食物，要是人家也能做到摒弃不合理的添加剂，这才是最有价值的生长状态吧？

我们从出生到现在，给自己攒了一大撮的规划蓝图和数不胜数的期待，想马上漂亮马上有钱，马上出人头地。这样那样的想法就像是一颗颗等待发芽、开花、结果的种子，不光有变化的喜悦和欣慰，还有束手无策的干瞪眼和焦灼。大自然让春华秋实成为理所应当，却也暗藏了许多雨雪风霜。我们一面相信着环境的正向力量，一面却还要偷偷打好最坏的那章腹稿。为了追上时代呼啸的列车，我们只能风风火火地跑到实验室里，农药、化肥、抗菌素、人工催熟轮番试个遍，别管是歪门邪道还是投机取巧，只有在火烧眉毛的关头，你才最懂天若有情天亦老。

正因为如此，卖场的货架上才有了分门别类的不同。说简单点儿，只不过是顺其自然，为什么如此艰难？尤其当面临着小众的风险时，原本合情合理的东西就会显得更加突兀。从土壤的黏合度到农作物的成熟时间，都需要耐心和定力，在吹吹打打过后还能鲤鱼打挺般站起来；在周围陆陆续续结出金黄的硕果时，仍旧能默默坚守，相信自己这一株可以有更好的收成。

在结果导向的观点里，这类做法颇有愚民特质。但抛开各自心态不谈，它让人更认同的一点，是对环境的善意。不管是身体吸收还是物质回收，都不造成负担和伤害，这可太重要了。一个人无论做什么，以何种目的为出发点，都不给别人带去麻烦和困扰，不让其他人感到不适和压抑，这就相当于在人格层面获得了一张可以交付好感和信任的质量认证书。

就像邻居说的，在食物的标签上读到它的成长信息，知道自己吃下去的是以绿色、健康的方式培育、在饲养的过程中受到了善待和尊重的食物，那么这顿饭就会吃得很安心、自在。

食物尚且有口碑，何况食客。

很遗憾，猴急先生大概是不会明白了。如果有一天，他能放慢速度享受当下，或抛开得失心随遇而安，那只有一种可能，就是时间静止。

04

/

/

姑娘，别跟自己过不去

真爱你的人，绝不会让你走到鞠躬尽瘁油尽灯枯这一步，
除非，是你非逼自己这么干。

爱情能让我们牺牲到什么程度

跟"忘我小姐"做了快十年的朋友，最后竟然是在她妈心急火燎的控诉中，我才知道她分手了。

彼时我红包都备好，只等她一声令下就回国去闹洞房了。结果美国时间大清早，刚睁开眼就看到她妈连发的五条寻人启事。

12年的感情说没就没了，在我看来，这是个连悲壮都无法形容的历史疑点。

要说起来，忘我小姐跟男友在当时也是早恋一族，从高中开始青梅竹马，题海战术中结成了深厚的革命友谊，后来自然而然升华了一下。大学四年都是异地，我们眼见着她排除万难，抵挡住学生会秘书长雷霆万钧的追求攻势，一心一意地跟情哥哥为中国移动贡献话费和流量，给铁路客运定时定点提高上座率，等得饭票都变成了火车票，总算等到了毕业。

毕业之后她进外企当英语翻译，情哥哥执意要出国深造，但经济条件是硬伤，加上又没申请到全奖。两家人郑重商量了一下，忘我小姐那跟她一样深明大义的父母决定赞助男生一半学费。就这样，两家人匆匆吃了顿订婚宴，两人再度远隔重洋。

现在想想，约莫打那时候起，这两个人的感情就因为腌料放得太多，口味有点儿跑偏了。

之后的日子里，我跟忘我小姐一同经历了她男友日新月异的变化，从闰土的表哥到穿着北脸的纽约客，那边越来越风生水起，这头却一天比一天度日如年。上班时忙得团团转，下班还要面对男友"聊不到一块儿"的抱怨。动不动因为小事提分手，她当下抹抹眼泪，隔天还得觍着脸打电话过去哄。这么多年只被允许去过美国一次，还是借了未来婆婆的光。她用掉整年的假期，换来了两周多的保姆经历，回来临上飞机还总结考评，批语那一栏里用加大号字写着"心太粗，安排照顾不妥当"。

我惊觉原来人的品性还能跟学历成如此巨大的反比。邪门的是，忘我小姐在高压的状态下，心态却越来越平和，自我反省和舍己为人的功夫简直练到了天下一绝。曾有一度，身边人都忍无可忍劝她分手，可她却特别认真地说，是自己做得不够，才给了对方风一阵雨一阵的借口。

她的爱如瀑布般激流直下，远胜过对自己的灌溉和滋润。那些在我们看来不可饶恕的罪名，对忘我小姐而言，也只不过是大男子主义了一点，粗心了一点，不体贴了一点而已。任性不要紧，她可以包容啊；不记得她生日不要紧，因为学业忙嘛；就算偶尔对她恶言相向，也都是因为两个人的关系如此亲密，早已合二为一，又何须客气？这般窝心的男友，真的是百里挑一。

如花似玉的姑娘，保姆当了七年。七年之痒的坎儿过了，博士好男友回来，体体面面找了份工作，颇有点儿衣锦还乡的架势。

原以为苦日子到头了，结果生活还真是比电影残忍，从来不给弱者翻身呐喊的机会。

忘我小姐从远距离挨训，变成了几天一发作的贴身焰爆炒，明明商定好的婚期也一拖再拖。她的好脾气顺利成为了对方变本加厉的法宝，去年借口出差多工作忙，今年干脆直截了当说其实是不满意她本科毕业，也不看好她现在这份工作的发展前景，两人的差距让现在蒸蒸日上的男友着实忧心忡忡，不得不进一步考虑这种婚姻的可行性和合理性。

听到这番话我差一点儿就想坦克开过去给丫铲平了。但出乎意料的是，我的好朋友却比想象中平静很多。她只是幽幽地说，要不然我去读个 MBA？这样他就说不出什么了。

可 MBA 还没来得及报，男方就摊牌了。忘我小姐就被从头到脚扫地出门，对方把当年读书的钱连本不带利地还给她，说咱们不合适，要不还是算了吧。

她就这样被一棒子敲傻了，怎么也不相信自己扔出去十多年的心血、感情、婚约、钱，到头来砸回来一匹凶神恶煞的白眼狼。不但不心存感激，还把你连皮带骨生吞活剥了个干干净净。

说实话我也不太相信，最后一次记忆还停留在他男友来我们寝室，大家吃火锅打扑克的场景，虽然现在微博上的头像都快认不出来了，但我还坚持觉得那个跟忘我小姐相处了那么久的人，不该是这样一副恩将仇报的嘴脸。就算爱情无法用付出和回报衡量，也起码有更体恤的方式，能让彼此分得不至于这么难看吧?

戴佩妮唱道："我明白／我要的爱／会把我宠坏。"如果已经给得一无所有，倒也不用管什么好看难看了。

导演陆川去年结婚生子，大家一下子都跑出来给前女友秦岚喊冤。两个人好了五年，在娱乐圈也算长情。秦岚为了男友的事业，以零片酬出演支持，还因为档期问题支付了另外一个剧组十万的赔偿金。后来陆川的另一部戏后期资金不够，她也几乎倾尽所有身家支持，虽然还是以滑铁卢惨淡收场，但感情上真叫不离不弃，这样同甘共苦，实属佳话。

可惜转折都是戏剧性的，至于为何各奔东西，坊间各有各的传闻。我们如今也只是看到陆川转身迎娶年轻主播、喜得贵子一步完成。秦岚还是单身一个人，风风火火忙事业。

圣经中说"爱是恒久忍耐"，现实里的爱情，却总是不好好配合正能量的指导思想。

再见忘我小姐时，她好像一张被P过瘦脸瘦身的动图，事实证明她妈是担心过度，那会儿人家正坐在飞机上痛定思痛，等失恋之旅疗伤回来，整个人倒精神了不少。她跟我说，你看，当初为了他想减肥，几次失败，过了平台期又反弹，现在说瘦就瘦了，我买了好多新衣服。

我挺高兴，趁早收手，还有活口。她曾经差一点儿就站上感动中国年度人物的舞台，终于在各奔东西时，完成了把割舍自己当祭品的殉道仪式。

一提到两个人相处，准有人会标榜一些在我看来有些图穷匕见的词儿，比方说舍弃、妥协、退让，牺牲是这里面的最高等级，也是很多人不达不休的坐标。但牺牲往往不是一步完成的，在这之前，我们总会经历类似为他变笨、为他变瘦、为他变胸无大志的小额投资过程，然后再像忘我小姐一样，慢慢转向大额投机。糟糕的是，投机是赌博，不设止损点，不见棺材不落泪。

为所爱的人牺牲，本该是件高洁伟岸的事儿，所以才有那么多例子敢在这时候跳出来仰着脖子跟我犟，说你牺牲你乐意，你不计回报没什么怕的。可容我说一句，你要是真那么无私，就不会在两个人的关系上如此先入为主，抢尽风头。这好比站在长安街上大声对某人唱情歌，或是跑人楼下说"安红我想你"，都是反向的强迫性表达。目的是想让对方在愧疚和别无选择中就范，也让自己在倾囊之后问心无愧。说白了，这不就是情感或物质上的强行绑架吗！软化一下就等同于出去要饭，把你情我愿变成你领情我愿意的不对等交易。对方此时受用，内心深处未必认同，这是无论在朝还是在野的乞丐都懂的道理。

为别人如何如何，听起来就觉得特别悬。相比之下，只有古人的"女为悦己者容"更聪明、更实用一些。

没有爱情能做到五五开，就算达不到绝对的平衡，那些被感恩和记住的，也都是两情相悦的理解和包容。真爱你的人，绝不会让你走到鞠躬尽瘁油尽灯枯这一步，除非，是你非逼自己这么干。

让我们唱一曲《爱的奉献》吧，只要人人都献出一点爱，世界将变成美好的人间。

爱情的坟坑前，骗子都特坦白

来来是我的大学同学，经历了几个月的长期掉线之后，她突然再度闪动在 QQ 上，并且一上来就心急火燎地问："你在香港认不认识什么好律师？"

她有个朋友要办理离婚，因为当初结婚是在香港，而且女方已经是永久居民，现在想要散伙，对方不依不饶，急需一个能言善辩、运筹帷幄、智勇超群的专家来解燃眉之急，并且酬劳还很可观，条件就两个：速度办，争取最大利益。

我搜肠刮肚只想到了几个朋友结婚时请的律师，没办法，也顾不得气场相悖，就把联系方式给了她。

就在第三天，来来便出现在了香港，真是速度。

可我就纳闷了，朋友离婚你着哪门子急？逼问下她说出了实情，原来离婚男在跟她交往，照她的说法，两个人是两情相悦、如胶似漆，已经到达了山盟海誓的地步，只差这个绊脚石，啊不，这个合法妻子的搅局。这不，两人无法满足世俗的要求，只能来获得法律签字画押的认可。

也好，速战速决就没包袱了，于是我提议晚上大家找个地方喝一杯，顺便向我介绍一下她未来的老公。

"他没来，公司业务太忙了。我一个人来的，咨询完了如果觉得差不多，他再过来走程序。"

这回答让我大跌眼镜，也许是看出了我的惊讶，她继续用传销一般的语言跟我灌输这男的有多靠谱、有多爱她，对她多么推心置腹，其中一条非常重要的佐证就是：他对于过去，没有丝毫的隐瞒，包括他跟妻子的不合，已经纠缠了两年的离婚，和四岁的儿子。

听起来不无道理，可是对眼前这样一个骄傲、优秀、会四国语言又在广告公司独当一面的精英女白领来说，真不知道是中了什么邪，怎么竟然会为了一个拖家带口还没解决完历史遗留问题的中年男人如此情深意切，还请假只身飞来香港，帮人家推动离婚事宜呢？

一个晚上的夜聊，我基本掌握了故事脉络。来来西班牙留学结束到上海工作，离婚男是她在人生地不熟的时候认识的第一根稻草。虽然两个人合作没成，却结下了革命战友般的情谊。不管是生活中，还是工作上，对方总会在她低落的时候给予鼓励；在她遇到瓶颈的时候出出主意；在她想吃生煎包的时候，一脚油门就带她进最地道的店大快朵颐。

在来来的感情越陷越深、两人也都进入了心照不宣的时候，男人坦白了。这种坦白让她难过，更让她钦佩，甚至连对方把选择权交给她，执意不做决定就不碰她的承诺，都觉得是英雄一般的光明磊落。

她不再犹豫了，对自己说，既然遇到了这么好的一个人，为什么不能接纳他之前的经历，重新开始呢！她进入了拯救者的角色，试图用同样的心意，来感动天地。

于是两个人正式同居，过着跟普通情侣一样的生活，唯一不一样的，就是横在中间的妻子。虽然离婚男一再保证会赶快办妥，但这个异地的妻子就好比蟑螂，带给你无尽的厌恶和烦躁。她的条件持续古怪又苛刻，没完没了，让你在家看到一只蟑螂，永远要为接下来的生生不息透支担忧和恐惧。

就在来来想要放弃的时候，那个春节，男人跟她回了老家，在她父母面前，得体地诠释了一个未来女婿应有的形象。同时也痛心疾首地述说了自己的过去，并保证，回去就会离婚，一定不能委屈心爱的人太久。跟来来的反应一样，老两口虽然有顾虑，但也抵不过精诚所至，觉得既然把话说开了，孩子是老实可信的，值得托付。

一家子都缴械投降了，来来自然更加义无反顾起来，用她的话说，"那样的情形下，他能鼓起勇气连我父母都见了，我真感动。"

她在香港就待了两天，离开的时候，我只剩隐隐的担心。

果然不出所料，一周之后，电话里传来长吁短叹。说离婚男跟妻子出去度假了，对方要求离婚前带着孩子一起重温家庭的温馨时光，以免给那幼小的心灵留下伤疤，旅行结束就签字。好在他能每天打电话来汇报行程，让你感觉这次出行，只是离婚前例行公事的一个步骤。

最后一天，妻子不干了，不但又提出了一堆惨无人道的霸王条款，还半夜给来来打电话，骂她个狗血喷头。就这样，离婚又进入了旷日持久的消耗战，男人继续诚实地倾诉内心的痛苦和煎熬，包括对孩子不能割舍的父爱、对妻子的无奈和宽容，当然必不可少的，是对来来的深爱和感激。

当等待和信任终于升华为寝食难安时，两个人就不幸地跌进了互相指责数落的深渊，吵架不但伤感情，还有一种让所有的无赖逻辑都理直气壮起来的魔力。男人大吼是来来没给他足够的时间解决问题，说到情绪激动时还一字一顿、掷地有声：当初还不是你愿意？

是，就是这句话，让来来彻底崩溃了。当初就是你愿意的啊，知道了所有的事情，还毅然决然地一头扎进去，乐不思蜀。

所以她没有资格讲委屈、没有立场谈付出。就像一开始就明确规则的一场竞技，双方在你情我愿的条件下自由入场，如果你中途反过来埋怨不公平，倒是在无理取闹了。

曾有一度，我们都以为诚实是人性中最光辉的品质，但随着人类的进化，之前善于躲猫猫捉迷藏的男生，现在竟然都精于肉搏战，赤手空拳地挑战你的底线。因为他们发现，比起花言巧语，坦白是个多么低成本又无难度的泡妞方案啊！

遇到过很多类似的抱怨，比如，相亲的第一次见面，就问你，能不能接受老公出轨；追你的时候把情史和盘托出，顺便说一下前任的不依不饶，不但赚到了同情，等有一天你发现他们没了断，还能主动替他开脱；恋爱到你侬我侬，直言是不婚主义者，想跟你就这么"无拘无束"地过下去；要么，就是像来来，误打误撞碰到了已婚的，但还没她幸运，人家嘴上说这辈子只有你让他有生而为人的鲜活感，爱你爱到可以去死，但既不离婚也不分居，挑明了不给名分，坑挖好了在那儿，你爱跳不跳。

你以为他们都是好汉，为了建立良好的互信原则而开诚布公，其实真是误会了，因为这些，并不是求得原谅或金盆洗手之前的忏悔书，只是交代一下事实，打个招呼，以便未来能更大摇大摆地劣迹斑斑。

但听众这时候却会陷入强大的心理漩涡中，给对方编造一个九死一生的战场。他是几经挣扎，冲破了枪林弹雨，冒着生命危险才将心底最深处的角落揭开给你看，甚至那带血的伤疤都从未遮掩，这一切都源于他对你的爱和尊重。于是你感激涕零，心疼无比，对他的遭遇早已感同身受，把那些狼心狗肺的人从头到脚默默骂了个遍，然后刘胡兰就义一般，直挺挺地冲到了阴森森的铡刀之下，决定从此跟他同进退、共荣辱。

这真让人不寒而栗，明明知道如果遇到一个不该爱的人，就要退避三舍各自为政，却因为对方出其不意的城门大开而决定进去一探究竟，甚至想要就此落地生根。想来要么就是太自信，以为能hold住场面，扭转乾坤；要么就是天生拥有敢死队型人格，哪儿危险就往哪儿去，什么反常就喜欢什么。

别忘了它还有附加的执着效应，就是俗称的不撞南墙不回头。因为决定是自己做的，怕丢脸也好，不认输也罢，最后统统变成硬着头皮去跟自己的青春开玩笑，轻者意志消沉，重者痛不欲生。到头来想想当初的出发点，也是哭笑不得。所谓的信任，在一开始就是你单方面的推断；而平等，则完全是他堂而皇之的绑架。

来来又消失了，短信不回，QQ头像重新变成灰色。

这时候竟猛然觉得，肯用心编造一个谎言，也称得上是对受害者起码的尊重。

姑娘，爱一个人最不能缺的是常识

写这篇文章的时候，娱乐头条正连续几天被一位澳门娱乐大亨踢爆，睁眼闭眼都是他与正室、小三，乃至小四小五的爱恨情仇。这位刚过 40 岁就坐拥 50 亿身家的腕儿，半年前刚从正室和小三那儿前后脚收获了喜当爹的感恩大回馈。恢复完的小三轰轰烈烈强势返港，各路媒体一字阵仗排开，大亨也不负众望第一时间赶去相会，然后手拉手双双返回豪宅。本以为接下来会有一番更腥风血雨的厮杀，不料正室却从容开口，表明正在跟老公办理离婚事宜。

直播了一年多的豪门恩怨，算是暂时分出了高下。

港媒也风头急转，报道无一例外地极尽浮夸，回顾撕逼全过程，并加冕"史上最强小三"，字里行间流露出满满的艳羡。编辑眼看就要从打印机里爬出来，伸出手大喊"请带上我"！也怪不得大佬一副无关痛痒、君临天下的姿态，有这样皇阿玛般的关注，甄嬛明天也许要失业。

再看看生了两个孩子还没名分的吴佩慈，恐怕要哭晕在厕所了。

真要感谢香港舆论的宽容，包了流量让富豪们一展雄性担当。

多少年来，从刘銮雄到许晋亨，从关之琳到李嘉欣，像网络游戏主播一样，24 小时在线分解镜头详拆招数。主角们积极配合，总能让你抓到关键画面，唯一的男主角雨露均沾、广施善缘，绿叶女配们更是前仆后继，不管戏份多少，哪怕只是试镜，都能像黄袍加身一样，隆重地演绎各个年代争奇斗艳的风采。

明星们果然不一样，不管你的人生角色是正派还是反派，总能捞到足斤足两的话语权和一众追随者，实惠的还有接踵而至的曝光、通告、走秀，就算跟金主一拍两散，好歹能自食其力，赚钱糊口。可若换作普通人，则完全是另一番光景了。

我有一位情史非常曲折的朋友，在她为数不多的恋爱中，有两次都莫名其妙地进了二手市场。第一次被蒙在鼓里，等到半年之后，正宫才怒气冲冲地从天津赶来，就差把她拉到旺角去游街示众了。可第二次，那是真心实意地想要据为己有。男人多金、上进，对她体贴入微。以至于朋友产生了错觉，认为这是一个价值连城的古董，如果拱手让人会抱憾终生，不努力一把的话，简直是对缘分两个字的亵渎！

于是，等待、纠结、坚持、软硬兼施，终于直直挺进威虎山，当了压寨夫人，坐上了男主角的第一把交椅。但戏剧化的是，这段感情仅仅坚持了四个月，就以她提出分手告终。原因特别跳跃：她发现枕边人背着她找小姐，不但不止一次，而且还不是随机选择，是回头客去翻的牌子的那种。

我也惊掉了下巴，这年头还能跟小姐短信往来加聊天的，是不是也算侠肝义胆了？

散伙那天，她怒不可遏，几乎没有给对方辩解的余地，所以分得倒也干脆。她说完全无法忍受一个男人在刚有了新欢之后还肉体出轨。然后我就蒙了，问了她两个问题：1. 你不能忍的，是他肉体出轨还是出轨的时间？要是七年之痒就可以？ 2. 如果他没肉体出轨，精神出轨就原谅了？

她被我绕晕了，表示第一个问题根本没想过，但第二个可以回答，跟肮脏的肉体出轨相比，精神出轨有讨论的空间和余地。

然后，我又发问：是不是因为你们也精神出轨在先？所以你觉得情有可原？

她终于不说话了。

我知道这么做不对，但绝不是想为难她。正是因为深知在一段复杂的二人关系中，许多跟外界的纠葛和关联，本来就是雾里看花，才更不想让她糊糊涂涂地放错自己的位置。虽然现在鼓励市场经济自由竞争，男未婚女未嫁，最后指不定跟谁回家。也有观点认为肉体出轨好歹借口精虫上脑，精神出轨才糟过借尸还魂。但这毕竟都是后话，我们先来论论小三成立的条件。

我向来不主张见到小三两个字就如过街老鼠，人人喊打，当然也没到港媒那样煽风点火的程度。只是不得不承认，中国13亿人口，未婚男女那么多，青年才俊更是车载斗量，一个个水灵灵的鲜嫩欲滴，谁就没事儿闲到成天要去给别人当小三？都说苍蝇不叮无缝的蛋，要想剧情可以发展到出神入化的雷人境界，总得同时满足两个条件：一个是蛋有缝，一个是苍蝇死活要叮。如果再计较个主次，我倒是举双手加双脚，投票给蛋有缝才是始作俑者。

先声明我不是女权主义者，相反，我坚定地认同男性的社会贡献和他们远大于女性的心理加经济压力。但这跟我觉得，男人在小三这个问题上有天生的优越感和猎奇心也并不相悖。不然你倒给我解释解释，怎么都是谈恋爱，女小三跟下饺子似的，男小三就凤毛麟角呢？

就像我那位朋友，早在她毅然决然要打响战役的时候，我就疑惑过，她口中形容的男人优点，为什么就没落实在他女友身上呢？朋友特不屑地回答：他女友是个工作狂，不通人情，让他感觉不到丝毫的温暖，他很痛苦。

哦，又是个多么古老的桥段，对男人来说简直堪称万能定律。把现任形容得没那么好，却也没那么坏，关键要像一台机器，没有感情没有温度，这样才能给自己赢得理想的缓冲及觅食空间。当然，大部分女生听到这样的抱怨，一定会生恻隐之心，母性的光环腾空而起。要是男人本身高大帅气，各方面指数优良的话，那女人就更是义愤填膺，挺身而出，想着眼下这么好的一块菜地，怎么说都不能让猪拱了啊，我要代表月亮，消灭你！

也不换个角度想想，现任这么差劲儿，他当初找的时候是瞎了吗？退一万步讲，就算当初也是明眸皓齿、活泼可人，一步步走到今天他也功不可没吧！更让人不解的是，都到了这一步，为啥还不去一刀两断？没时间解决家庭纠纷，反而有工夫在这儿跟你唠闲嗑？

说这么多只有一个解释，那就是要给你若隐若现的指引，如果你进了这道门，就变成无穷无尽的暗示和鼓励，让你从此走上一条不成三便成仁的康庄大道。

当然，这算仗义，至少还有潜在的希望。越来越多的人是根本就没露这个口风，是你顺着杆儿爬到了一个危如累卵的地方，还告诉自己不入虎穴焉得虎子。然后男人享受着这种众星拱月的感觉，心里正在暗爽。实际上却只当你是个炮友，或是没事儿打发无聊的对象，功能仅限于此。

要说小人得志的心理，也是阴暗，明知道是坑人，还跃跃欲试。期望姑娘们都能乖乖上套，傻乎乎的无欲无求。不过这么说刻薄了点儿，大概多数人也是情之所至，想两全其美，这种智商的最后通常都会把自己玩儿得很惨。再就是原配炙手可热，要来点儿辣的刺激味蕾，好让对方有紧迫感和危机意识，他坐山观虎斗，那叫一个酸爽；或者，干脆就是看着别人把妹把得不亦乐乎，自己从一而终倒显得不太合群了，索性近墨者黑了一把。

对姑娘们而言，这时候原应该本本分分地对照自己的职能涂对答题卡，要么做好充气娃娃，要么当好保姆，要么扮演好一贴风湿膏。

结果十个里有九个勤快地升华了中心思想，情深意重地要去三一三，我要是男的，盛情之下，也却之不恭啊。

很久之前，一位特逗的朋友在险些误入感情歧途的时候，及早抽身，她的一句话说得好：他又没在我这儿买保险，帮我冲个年终业绩公司第一，我干吗白送他那么多骄傲和炫耀的资本？精明如她从不在感情路上做无用功，怕是看了那澳门大亨的新闻之后，保险的门槛该提高成一栋临海豪宅了吧！

明星们不至于两手空空，可一心只想要个好姻缘的姑娘们，放着体内的大好基因，为什么不去用心寻找对的人，非要当个漏电的发光体呢？看到苗头不对，三十六计走为上，得主动给自己扳回一局，让他知道这年头，免费的才最贵啊。

其实有几种方法，多多少少能判断对方是不是有拉你下水的趋势：

1. 有女友还对你关怀备至，发乎情止于"礼"；

2. 总会说"如果我们早点认识"这类蛋疼的话；

3. 在你面前，他女友完全是隐形人；

4. 对你私生活关注，偶尔还会因为你跟男性朋友往来密切而讽刺你。

若以上至少满足两条，请赶快清醒，对照一下以下应对方法：

1. 别太早入戏，别给他游戏你的空间；

2. 如果真爱上就马上摊牌，让他选，千万别当一条绳的另一端，去瞎扯；

3. 没选好就做回路人，再爱都别陷进去；

4. 不要去跟正室吵，你不知道人家究竟什么状况，而且为男人咄咄逼人的样子特别不优雅，再说，女人何苦为难女人。

以上四点都做不到的，就反客为主把他当炮友吧，玩腻了再甩，当一个新世纪女汉子。

从来就没有无缘无故的劈腿

我曾经在微博上做过一个话题调查，什么星座最容易劈腿？答案虽然五花八门，但从数据上看，射手座成了当之无愧的冠军。

让人折服的是，他们不只收获了异性一把鼻涕一把泪的控诉，还有的人厥功甚伟地毛遂自荐，表示自己在这领域成就非凡，即便也知道不值得夸耀，无奈我本风流，实难自弃云云。

木星守护的火相星座就是如此地潇洒自在，常年保持着一颗青翠欲滴的好奇心，也许就是常被骂多情的原因所在吧。但我也亲眼见过花心的射手男老老实实地被狮子女收服，他们心中的小九九盘算起来简单明了：比起偷吃的刺激，紧随其后的轩然大波才更荡气回肠，搞不好赔了夫人又折兵，还是喝杯降火茶吧。

名字都叫柳下惠，有人甘之如饴，有人情非得已。同理，劈腿的缘由也是五花八门，绝不止用情不专一个这么简单。

有一种最让人费解，发生的频率却不低。

面先生是在老婆怀孕时才露出真面目的，在这之前，他克己奉公，低调谦逊，就算给人一种面瓜的疲软感，也丝毫不影响众望所归的好好先生形象。老婆是公司同事，名校毕业，高挑娴静，两人每次走在一起都像一对璧人，引得周围人羡慕不已。

潘多拉的魔盒在几个月前才被打开，那会儿大家还沉浸在庆祝他晋升准爸爸的喜悦中，转眼就收到了一封群发的、来历不明的邮件。里面从面先生劈腿的时间、地点到过程细节一应俱全，还附带聊天记录截图，内容精彩翔实，语言热辣奔放。如果换个场合，这绝对是一封标准得可以登上八卦杂志头版的爆料。我们纷纷惊觉，原来面先生是这样一个浪荡不羁、孔武有力的人啊！

正当所有人都被小道消息滋润得心潮澎湃、精神百倍投入工作的时候，明明也应该是收件人之一的面老婆，却像什么事都没发生过一样，照常上下班，中午跟面先生一起双双出现在食堂打饭。除了朋友圈里几条含糊其辞、宠辱不惊的鸡汤佳句之外，真看不出任何异常。我跟她平时关系不错，见这架势，也就多一事不如少一事，每每话到嘴边，又咽了下去。

又过了一阵子，面老婆回家待产。流言蜚语不但没停下来，还愈演愈烈。群发的邮件一键送达大家电脑里的同时，也一键激活了我们体内的围观因子。面先生从一个默默无闻的角色，一步跃升为大家茶余饭后的置顶话题，活跃度周周高居榜首。而平时那些独善其身的人，也开始参与讨论，有意无意地透露出他原本就有迹可循的劈腿资质。

比如现在已经辞职的某某，曾经跟面先生有过一段暧昧，有人亲眼目击到他们手牵手逛商场。更夸张的是一个月前，公司新来的前台小妹，在面老婆回家的这段时间惹上了风流债，甚至还不知道对方有家室，直到含羞将两个人的自拍照拿给公司刚结交的闺密看，才如遭雷劈。传说那天女卫生间里的手纸早早告急，都得益于前台小妹奔流不息的泪水。

这时，有好事者抓起笔和纸，粗略地算了一下。面先生在老婆怀孕的时间里，光我们知道的，就劈腿了四次。我由衷感慨，以后选择工作地和居住地一定要慎重，在人与人重逢相遇概率如此高的情况下，能让纸包住火，简直是痴人说梦。

后来面老婆顺利喜得贵子，出月子后我们见了一面，这才知道她把造人计划提前的原因，也跟隐隐感到老公的不忠有关。她执着地认为，如果把这件事小题大做就太有失风度了，在一个受过良好教育的人眼里，另一半偶然的偏离轨道并不是十恶不赦，更不能像市井小民那样一哭二闹三上吊、写大字报上访、跑到殿前告御状，这些都是不成熟的做法。心里有数，点到为止就可以了。

她也对我在那段时间没有去打扰表示感谢，并笃定地说："我们很爱对方，但他有时候就像孩子，经不住外面的诱惑，我倒要看看他什么时候能收心。"

这可真伟大！

一个男人何德何能，可以娶到如此深明大义的老婆，在沾花惹草的路上，不但不出手阻挡，还推波助澜？

一个女人是多想不开，才会在得知自己老公出轨的前提下，硬是妄图用无辜的小生命扳回一局，以为自己进了决胜盘，却没想到被深爱的人暗算，倒地中弹？

想到台湾明星阮经天，和他那个交往八年、分分合合无数次的女友许玮宁。男方偷吃、劈腿无数，最出名的是一次跟酒店辣妹开房被拍，都能想出"同房不同床"这样才高八斗的借口，而女方竟也一再原谅，宽容默许。比起对渣男的醒悟，她应该更享受跟自己较劲儿的过程吧。

事实证明，成为一个合格的教唆犯，真的没有那么难。

在我国的刑法体系里，将犯罪意图灌输给本来没有犯罪、或有犯意但不坚定的人，使其决意实施犯罪，便成为教唆。

以上两位女性，堪称个中翘楚。

这时候还只能稍微埋怨一下教育给人类的愚化了，思想进阶到一定程度的你会羞于质问、羞于争吵，甚至羞于让两个人说实话。于是在发现了另一半的劈腿行动，或倾向之后，会先故作镇定，然后下意识选择"静观其变"，用贤惠和装傻先掩盖起火烧眉毛的事实，在心里残存着对方能够知恩图报，像电视剧里"幡然悔悟"之类的念想。

就对方而言，真是爽翻天了！本来是抱着试试看的态度，好用就再买一疗程，结果发现你不但视若无睹，就连气若游丝的"警告"都充满了鼓励的味道，索性得寸进尺，来一个终身制的无法无天。

也不排除那些在温柔的纵容之后眼球前后直径变化，导致视网膜成像扭曲，直接误会自己进化为玉树临风、英姿飒爽的人。前门后院都能摆平，下一步就是甄选后宫佳丽三千了。

尼采说，男人到女人身边，记得带鞭子。看来只要条件允许，不管什么武器，都能物尽其用。

每个人犯错时都存有侥幸心理，如同面先生的老婆说的，男人就像孩子。孩子哪儿有什么清晰的是非观念，黑白分明？连大人都不一定呢，还不是在试探中一步步得出结论，记住教训。在我们咿呀学语的时候，看到什么都抓，抓到什么都往嘴里放，然后捅进插头里的手被电了，撒谎作弊之后被打了，才懂得这是不好的，不对的，不能碰的。换作成人区别也不大。我想，如果上学的时候没有扣分罚站，没有红榜黑单，我就不会写假期作业，也懒得背书，更完全意识不到胡闹对我有什么坏处。

说到这儿有点儿像老妈子，但必须得承认，引导是一门很重要的学问啊！

有人说男人劈腿是因为女生心软，我不同意。看看那些咬紧牙关还含泪接纳枕边人的姑娘们，对自己都这般残忍了，分明是钢铁一般的心脏好吗！

我不是去教你做一个街头泼妇，只是想提醒赏罚分明的重要性。什么时候该朗读行为守则，什么时候要抽出戒尺，比什么时候都展现优雅更重要。通情达理和自欺欺人有时只有一墙之隔，你几乎都听见对面的说话声了，真就没必要装聋作哑。很多方式在成年人身上管用，例如自律、自省，若放在孩子身上，则会前功尽弃。

直到现在，我还是能在朋友圈中看到面先生老婆晒一家三口的幸福合影，跟那些偶尔蹦出来的、似曾相识的鸡汤论调，相映成趣。

防火防盗防闺密

有粉丝听说我在写书，私信问：判答姐，有没有写闺密的章节？我想了一下，嗯，男闺密有，女的暂时空缺。那边说姐我有一个故事，打着灯笼都找不着，特别想当面讲给你。我当时正在北京，就说今天下午世贸天阶，你要是能赶过来就唠唠吧。

过了两个小时，姑娘呼哧带喘地来了，见面就说，太好了，没想到你能同意见面，你跟电视上一样！我上下打量了她一番，白白净净眼神直接，一看就心里藏不住事儿，应该还是个爱逞强的主儿。

坐定之后是一副要长篇大论的样子，我心里开始打鼓，生怕这是个跟陈凯歌一样自我感觉良好的"无极"。

姑娘先自报家门，焐了焐有点冷的气氛，说我们是同行，我是某某电视台的。然后话锋一转，问，小哆你听说过吗？我脑门一抖，当然听过了，这不是你们台冉冉升起的新星吗！现在常在当家脱口秀中客串嘉宾，虽然平心而论，她观点平庸脑子转速也不敢恭维，但台湾女生的清纯甜美范儿，光放在那儿看，就是一种享受啊！

对面脸上闪过一丝狡黠的笑，说我今天要讲的闺密就是她。认识她之后我才发现，这闺密和秘密，就像钠和硫酸铜，碰上就炸个稀巴烂。正好，我天生就是它俩的介质。

故事要从四年前说起，宝岛小嗲刚来北京发展，姑娘则是一毕业就进了这个台，算是摸清了点门道，两个人因为一次特别节目熟起来。传媒圈的女人，就像一座座发射信号的塔台，眼光犀利，嗅觉灵敏，耳朵、鼻子、嘴是没一分钟消极怠工的。一旦两座塔台相连，互相之间达成了接收和传递的共识，就可以去演绎现代版俞伯牙和钟子期的高山流水了，但人家玩的是乐器，我们赏的是八卦。

两个人一起逛街一起加班，姑娘带着小嗲在老北京走街串巷，在饭馆里胡吃海喝，在台里拉帮结伙，用北京大妞的豪爽驱散了天空中爆表的雾霾。那时候正赶上她的恋爱风一阵雨一阵，所以特别爱跟看上去就让男人上半身瘫软下半身造反的小嗲取经，对方也是尽心尽力帮扶援助，搭伙的塔台就这样迅速升级为穿一条裤子、一个鼻孔出气的闺密情谊。

但有件事让姑娘从一开始就颇感迷惑，小嗲来北京，一半原因是想结束异地恋。当距离终于从快 2000 公里到只剩两个二环，她却从来没像别的闺密那样，把家属带出来一起参与到花天酒地的革命热潮中去。这个男友就像个隐形人，始终都只是在对话里打酱油的。

但想想人家毕竟大自己五岁，做事成熟稳重没错，谁像小姑娘家家，成天在群居生活里滥伤无辜，拉低了男朋友的雄性风度！

姑娘第一次觉得小嗲不地道，是某天收到一个装饰得花里胡哨的包裹。在确认了自己近三个月都没有网购行为之后，开始带着无比兴奋的心情拆封，一边拆一边在脑海里勾勒着某位暗恋者终于鼓起勇气的画面。打开一看傻了，一件艳粉色的情趣内衣映入眼帘，整合了乡土气息和大保健风格的蕾丝边就像夏天树上的毛毛虫，看得她头皮发麻，大脑缺氧。姑娘此时已无暇顾及里面还有什么余孽，立马用军训时整理内务的速度合上箱子，飞快踢到桌下。当她抬眼准备清算身边目击者的时候，小哆出现了。

然后，这个包裹就回到了真正的主人手上。对此，小哆诚恳道歉，说自己本该告诉她一声，但付完款一着急就忘了。姑娘说，你用我名字买情趣内衣咱最先要讨论的不是这个吧？小哆说，你知道我是公众人物，我怕箱子上有什么标志让人看了不好，就拜托你了。哎哟，别生气了，帮我保密哟！

姑娘想发火，无奈筋骨酸软内力全无，一句话都不想多说，第二天脑门上就蹦出两颗大痘。

周末，小哆说请她到家里吃饭，姑娘明白是为了缓和上次的不愉快，欣然同意了。下班时，小哆手里抱着一大束花匆匆忙忙跑过来，姑娘打趣说你男友可真浪漫。小哆不自然地笑了一下，说这不是男友送的，我也不应该收，嗨！不提这个了。结果两人一路无话。

到了小哆家，她把花交给姑娘，腾出手开门。随着吱呀一声响，只听见小哆惊讶的声音冲着里面喊，你怎么来了？屋里随即传来一个男人的声音，酸不酸甜不甜地回应，我来捉奸啊！你心虚了？此时呆立在门口的姑娘已找不到比"石化"两个字更精准的形容词，多想从兜里掏出机器猫的时空门，马上钻回到半小时前的公司门口。可事实就这么野蛮，像一个在你自行车前扑腾倒下的碰瓷大妈，死乞白赖地扯着你不放。

小哆一脸尴尬地把姑娘请进屋，让她看到了一张更尴尬的脸：这个男人还算帅气，高高的个子，戴着眼镜，如果不是刚才那几秒，谁都无法把他跟"捉奸"的声源联系在一起。

这时，姑娘马上意识到，最尴尬的事还悬在半空，因为有个烫手山芋，此时就在她怀里！看着小哆男友怀疑的眼光，交叠着小哆躲避的神情，三个点在时空中连成一面哈哈镜，把每个人都照得口眼歪斜。

她只用了 0.01 秒的时间，就让小哆深深松了口气。姑娘故作镇定地把花放在墙角，边脱鞋边抱怨，正赶上最忙的时候，烂桃花还来捣乱，等一会儿我就把它扔了。

那天小哆没留她吃饭，三个人一起喝了杯茶，姑娘就识趣地走了。

这一次，她又多了一个小哆的秘密。

她没想到，那天的事儿好像被小哆从记忆里擦除了，连句谢谢都没说。两个人的关系也微妙起来，说话聊天时明显有一股做作的妖风到处乱刮，吹得她浑身不舒服。后来渐渐地，闺密好像又退回到了从前的塔台搭子。

过了小半年，有一天姑娘在主播化妆间里碰到了东张西望的小哆，对方一看是她，马上抓住问，刚才你有没有看到曲姐走出去？这个曲姐，是台里的王牌主播，资历年龄都高高在上。姑娘说看见了啊，她挺着急的，还差点儿撞到我。小哆接着问，你记不记得我昨天穿过的一件黄色西装，还有一件上午摆在这里的白色裙子，是不是被曲姐拿走了？你好好想想！姑娘说我哪儿能看那么仔细，但她手里确实拿着件衣服。

两天之后，公司内部发出警告信，严肃批评曲姐作为一名资深主播，不但外出接私活儿，更堂而皇之地擅自穿走公司的服装，所作所为实在跟身份不符，被勒令写检查，停一个月工资。

故事说到这儿，已经快接近尾声了。姑娘从一开始的眉飞色舞，到现在口干舌燥，并伴有短时发作的懊恼悔恨。她说判答姐你知道吗，当我看到公司通告的时候，特别想扇自己一巴掌，我觉得我太蠢了，曾经把这样的人当成闺密，还变成了她暗算别人的同伙，你说我怎么办啊？

怎么办？这倒是把我给难住了，法律也没有被动陷害别人就要去自首的说法。我问，你们现在关系还好吗？

她说早不好了，就小嗲那样道德品质比地沟油还次的，打从送花的事儿发生就疏远了，只不过后来又歪打正着碰上了曲姐那茬儿。我心里是真憋气，从头到尾对她掏心窝子，她在我这儿是无话不谈的闺密，我在她那儿倒成了不要钱的群众演员！

我让她给逗乐了，说亲爱的，没多大的事儿，你也不至于这么责怪自己，不就大眼漏神交了一回损友嘛。这事儿谁都碰到过，比如说我吧，有真心患难与共的闺密，也遇到过道不同不相为谋的人，还差一点儿就着了道，也是披头散发跑出来的。

那句话怎么说来着，一个人成熟的标志不是辨别同类，而是接纳分歧。咱们得学会容忍跟自己完全相左的人，哪儿能所有人都跟你一样嫉恶如仇是非分明，吃喝拉撒全一个套路，那不是退化回小学，整齐划一地齐步走一二一吗？

现在电视剧都讲究开放式结尾，照我说，人与人之间也应该秉承着开放式交往的态度。有些人，在发现了不对劲儿之后，敬而远之就行了。交朋友不是搞对象，犯不上让那点儿情感洁癖无病呻吟。现在我每次换电话、换居住地的时候，总有些人闪回在通讯录里，不知道该不该告诉，也不知道什么时候能再联系。也许彼此间确实曾有过无所不谈、称兄道弟的美好时光，但所有的事都停在适可而止的那一刻，没什么嗟叹和追悔的。肝胆相照从古至今，都是可遇而不可求的。

另外姑娘，不是我说，你得在心理上戒奶啊！不管何时何地，给自己留个独立的余地。为什么有那么多被闺密坑了、算计了，还撬了墙脚的事例，因为你们最好骗。上来就天真无邪摆出一副来吧来吧来要我吧的架势，这股热情让人只能笑纳啊。我以前特别爱孤注一掷地指望别人，包括那矫情的心理期待，总觉得人家应该信任我，应该告诉我，应该把我当盘菜。后来发现自己其实就是一强买强卖，就很快变成二货。跟异性同性都是这个理儿，千万别一冷就随便拽过别人当衣服，那只有裸奔的下场。

可能是我太不擅长安慰人了，姑娘让我呛得就快电量不足了，幽幽地说，跟你讲的都是典型事例，她成天到晚撒谎，一边骗我一边还提防我，跟防贼似的，咋不装个铁丝网，请个狱警呢！

哦，对，这也算特例，那么多秘密都让你赶上了。但亲爱的，秘密之所以得名为秘密，正因为它见不得光，一见光就成了一个立体的"囧"字。不小心撞上，最好的办法就是装傻，最忌刨根问底口无遮拦。你还盼着人家不防你，主动给你解释吗？要是我，哪怕她要开口，都得打岔拐走。不是联邦调查局，知道那么多也不能换成工资。没看娱乐圈那么多闺密互撕，还不是秘密太多，放着放着就发霉了，变成有毒了。这小嗲，要是在宫斗剧里肯定就杀你灭口了。

你知道吗，想去揭开别人的秘密，就好像在对她说：喂，你知不知道我好讨厌你的脚气。然后呢？最尴尬的是她们，最无能为力的是她们，最怀恨在心的，当然也只能是她们。

如果爱上一个不该爱的人

提问最容易暴露一个人的智商。

我在做咨询、讲座，包括微访谈的时候，一提到感情，最常遇到的问题就是，"如果我爱上一个不该爱的人，该如何是好？"

每当这时，我都有种被人给耍了的感觉，就好像一个人拉着我问，你看这盘菜有毒，我该怎么吃？

或者，让我来捡起老本行，同声传译一下。它可以翻译成：前面有火坑，我想跳还不想被烧，你有黄金甲吗？

这不是应该去找魔术师的事情吗？你让我杵在这儿培养跨界发展意识，确实用心良苦。能被人民群众寄予如此厚望，真是诚惶诚恐欲哭无泪啊！

再一次证明了，我们的求知欲和好奇心是毫无底线可言的。

一个人如果已经被定义为"不该爱"，就等同于一段感情早早被贴上了"没结果"的标签。通常情况下，我们要是在外头看到"小心棕熊出没""当心电离辐射"之类的牌子，是该无视而继续往前走呢，还是掉头离开？

说出这话，我发现自己是找骂来了。可为什么一涉及感情，人就变得那么看不透、想不通呢？

大概这就是诱惑能具有如此杀伤力的原因吧？

很多东西你越是禁忌，越是一眼望不到底，无形的吸引力就越大。它会激起你身体里跟现实分离、不为世俗规则所束缚的一些因子，就好像你每靠近一步，就能解放自己一分，对刺激和兴奋的摄入量也就加重一毫似的。

我认识一位已婚男士，长期跟同公司的另一个已婚女性保持着若即若离的肉体关系，两人对这种约定都心照不宣，彼此也完全没有要脱离现在家庭重新组合的意思。一个月有那么一两回，假借出差、加班、客户提刀找上门等事为由，挖一勺别人家碗里的饭吃吃。

问他这么做的原因，答案是解压。偷情能让一个生活事业都波澜不惊，身体荷尔蒙却逢壮年的男人获得久别重逢的快感，仿佛是现世春药，雄性医美界的肉毒杆菌。在这其中，没有愧疚和负罪感可言，甚至都没为此准备一个得体的谎言，以便在走夜路的时候防身。

直到那位女士的老公发觉不对，东窗事发了。在劈头盖脸的责备、谩骂、混乱过后，两个家庭开始分崩离析，曾经翻云覆雨痴缠贪欢的这对当事人最后也形同陌路。

这位朋友现在南下广州发展，跟所有人断了联系。他走前给我写过一条留言，大意是，男人还是要分清大是大非，不然就会大意失荆州，到头来全盘皆输。

这话有常识性错误，关羽失荆州是给刘备打江山去了，跟好日子不过胡作非为是两码事。不过前半句说得很对，只可惜大部分人都没觉得有这么严重。

比如逛酒吧夜店，偶遇热辣性感的美人要找你约一次，平时好死不死的社交软件非在你情绪低落时触动了摇一摇功能，还有那些心动邂逅第一天就明说不会相娶的人，和相识相知很多年却依旧顾左右而言他的有妇之夫。

能让人冲昏头脑的东西实在太多，除了感情，还有赌博、酗酒、海洛因、非法手段积累的财富，以及超越经济承受能力的物质需求，等等。

人的原始欲望里，总包含着想踏足禁地的冲动。跟无奈的现状、空虚的心灵相比，那些"诱饵"显得妙不可言，它能给你脸红心跳的挑逗，让你不自觉地涉身险境。更危险的是，你总相信自己是个特例，可以不被注意、不被揭穿，甚至是瞒天过海地反客为主，创造一个奇迹。在这个过程中，狡猾的大气层会滋生无数个幻象，它们各司其职，有的负责宽慰，有的负责引导，有的负责恐吓，统一目标就是让你排除前进的阻力，从而更加奋不顾身。

那些在当下拼死拼活着魔的人，又有谁会预知以后的漩涡呢？我们总是在痛苦来临时手足无措，忘了前一秒自己是多么义无反顾，简直比电视购物还轻松。有时候左思右想还是一头扎了进去，带着英雄般的气概自我迫害。你以为所有的陷阱都坦荡直白，不用交过路费吗？

一开始在诱饵面前沉溺无法自拔的，最后都只剩下困惑了。它们之间的距离非常微妙，也许一步就能过去，也许，一年半载都还在原地执迷不悔。

这个时候，我们还是狠一点吧。怎么都是疼，早一点割肉换血总好过不治身亡,更何况,人在捡回一条命后,更容易大彻大悟。当然,如果当初肯多花些时间,去仔细分辨,小心查问,就不难知道自己是不是爱错了人、走错了路。真和假之间,你的直觉其实早早就给出了答案,只不过需要再一次确认,多一些凭据。即使未来某个时刻你头脑一热,好歹有个全身而退的余地。

冷酷无情不是所有时候都被鄙视的,在有些关键时刻,它能帮你扭转乾坤。

谁说思想都是矮子,行动都是巨人?玩起火来可不止烧烫伤这么简单,最主要的是会留疤。

可以为老板卖命，但绝不能动心

如果说办公室恋情是高危行为，那么和上司恋爱绝对直逼自杀式袭击。

半熟小姐就曾无怨无悔地蹚过这么一趟浑水。彼时，祖国大地已被小鲜肉的春风吹遍，大叔控早就没了用武之地，所以她无论是从品味还是立场上说，都是鹤立鸡群的。

老板年龄不大，也就 40 多岁的样子，他跟 30 出头的半熟小姐之间，还隔着一个上司。这层朦朦胧胧关系的质变，还要从一次加班说起。

那晚，她为了一个项目熬夜赶工，等抬起头发现已经过了 12 点，这时走廊尽头的玻璃门里，走出一个瘦高的身影。那一刻，两人都惊了一下，然后有一搭没一搭地聊着，走到楼下鸿福堂的时候，老板进去买了一份椰子雪耳汤，放到她手上说，加班更要补充营养。

她一小口一小口啜着汤，心里有一头小鹿试探着要破笼而出，夜中环熙熙攘攘，而她的心情就像刚沐浴过的婴儿，分外清香。

每当提到这个情节，半熟小姐都会感慨，自己怎么没早点注意到老板呢？他外表是那么斯文有礼，上阵杀敌时又那么英勇无畏，气宇轩昂。平时有些迟钝，有些跟不上潮流，关键时刻却总能力挺千钧，扭转乾坤。无论是什么样的对手，都会在他坚毅果敢的眼神下落败。自己何其有幸，能与这样的稀世珍宝共事。

一个人生系统已经升级到3.0的姑娘，就这样退回到少不更事的爱慕中。他们的距离始终是两两相望，谈笑如常，但总觉得有点不一样。空气里暧昧和留恋的温度让她双颊潮红，为了缩短凝视的距离，她每次都到最靠近玻璃门的饮水机那儿打水。老板发的短信，即便是例行公事也永不删除，那些老得连假牙都装不上的笑话，都能让她发自内心乐开了花。

最重要的是，结过一次婚的老板目前单身，这消息是多么鼓舞人心啊，仿佛能看到前面有一大片草原，可以让你在未来策马扬鞭，尽情驰骋。

后来，老板去法国参加一个展销会，她充当临时翻译。当晚在酒店，一切就都自然而然发生了。

她并没有把这定位成一夜情，但也只能无奈推翻了自己之前发乎情止于礼的预设。很多东西都是这样，就算你有隐隐的预感它会发生，等真正到来的那一天，还是会有刚出锅的灼热和不安。身体的交流让两个人的感情上升到更直接、更默契的程度，唯独缺了坦白。老板每月会不定时去她家过夜，而她，每次想说点儿什么的时候，看着眼前疲惫的身躯呼呼睡去，都心疼得缩回了壳里。

半熟小姐依旧是扮演着深明大义的角色，为老板在公司里尽心尽力，除此之外，两个人还要装作公事公办的样子，像是一场猫捉老鼠的游戏，他们的洞穴舒适宽广，只要不跑出去，就高枕无忧。

偶尔送文件时她会故意多停留一阵，撒撒娇，打乱一下对方的步调。老板回报以温柔包容的微笑，这让她更加觉得，自己很快就会踏上那片辽阔的草原。

她让我想起去西藏时遇到的信徒，那些人匍匐前进，行走在山路上和雪域里，跟心中的信仰相比，这一路的艰辛不值一提。

我很好奇，问她难道就不着急吗？半熟小姐的解答是，老板那么辛苦，自己真的爱他，就不该增加他的负担，而是静静地做一个美女子，在望夫石上刻上三生三世。她说老板心里有数，而她也相信，那些虚名，只是迟早的问题。

所以你们看，爱情在发酵阶段就会产生无数错觉，菌种在培育过程中总会释放出一些烟雾弹，让你用自己的方式来歪曲或者美化事实。半熟小姐就像一个宠溺惯了的家长，看着埋头苦读的孩子不忍心再多说一句。其实，所有的孩子都在写作业，你家的那个，真不是独一无二。

事情的转折发生在几个月后，当时，她刚从一个客户的饭局里出来，走到酒店大门时手机响了，是公司的群，一个姑娘也不知道是不是脑子被什么驴踢了，突然嚷嚷着让老板发红包，大家你一言我一语地跟进，群策群力地炸出了老板要再婚的消息。半熟小姐突然就僵在那儿，看着保安引导着一辆又一辆车来来去去，手机里的群抖动个不停，夜色残酷，不由分说地罩住了她心里所有的光亮，一丝缝都透不进来。

她决定直接把车开到老板家，去问个究竟。

车开了 20 分钟，她却在楼下绕了两个小时。给老板发了一条信息，那边说你回家吧，现在不是说这个事儿的时候。她又发，然后就没了回音。那天正好冬至，香港出奇的冷，她抬头呆呆地看着那栋楼，车熄火了又打开，反反复复。后来，妈妈打来电话说，别忘了吃饺子。她握着手机突然就止不住地哭了起来，一个瘦弱的女孩子，伏在方向盘上，在万家灯火的香港，丝毫不引人注目。

我问她为什么不直接上楼，她说那一瞬间突然就没了勇气。一直在思考自己的角色，搜集这么长时间的证据和材料来押宝，本来是想拿出天平，掂量一下两端的重量，后来猛然惊觉，她的那一端，真的是轻如鸿毛，什么都没有。

轻如鸿毛，这是一个多么沉重的结论啊，沉重得跟它的答案刚好相反，让人不忍卒读。

我一直在想，在半熟小姐的心里，这段关系是不是真的如她所言那般信心凿凿，还是从一开始，就稀里糊涂地念错了开场白。如果没有最后这件事，也许她还会一如往常地等待和崇拜，在一个看似安全的地方充当着最危险的角色，制造着不为人知的惊喜和快乐，然后低到尘埃里，在尘埃里开出花。她没有勇气去道破，也不知道如何往前走，只能陷在焦灼的泥潭中，任凭双脚被海草缠绕，还不忘记带着感恩的心祷告。

她祷告的对象，不是老板，是半个神。

老板很清楚自己的力量，不经意间地传道布施就可以感化对方，对水到渠成的回馈也自然敬谢不敏。他拿捏到半熟小姐那颤颤巍巍的心理斗争，就像他料到那辆车会在他家楼下徘徊，而最终都不会上楼一样。

道行的深浅，是泄露底牌的关键。为老板，你可以奉献精力、热血甚至黑眼圈，但千万，别把自己也奉献了。

人生本该畅快前行，无须活得如履薄冰

the best is yet to come

活不明白的毕业季

我们对一些东西的期待，总是抱有叶公好龙的心态。它远在天边的时候你日思夜想，真的走近了，你却又感到心虚，等真正相见时，只空留一脸无处安放的惆怅。

当年求偶心切的人结了婚，一定会劝你好好享受尚存的单身时光；当年母爱泛滥的女生们，也定会在有了娃之后反复追思曾经的自由岁月；当年还在象牙塔里浑然不觉的我们，也是往往直到毕业的那一天，才第一次看清楚未知的本色模样。

我离开校园很多年，如今再提毕业，情怀早已四分五裂。在那个汗腺全面扩张的夏天，我穿着麻袋一样厚重又不合体的学位服，拉着早一届解放的闺密，走遍了学校的每一个角落，用尽了她相机里的所有内存。虽然说刑满释放比较贴切，但当时的状态确实更像刚碰上大赦天下，那股无法阻挡的舒展和快乐极度膨胀，跟熟悉的砖砖瓦瓦一起摩拳擦掌，就差对着大门宣告"我是明天的主人"了。

幸亏我憋住了，不然事后想起来一定满目疮痍。还要承认的是，这种不真实的兴奋感只持续了几周。几周之后，我，跟与我同时走出那道门的许多人就开始了天各一方的东征西讨，所到之处狼烟四起，时而烦琐无力，时而紧张刺激。最重要的是，你要在很多次的体验和认识中找到方向，接近归属。

可究竟什么才是归属呢？如果上学是没有选择的逼上梁山，那毕业则等同于四顾茫然的赶下梁山。山上的人永远都在为离开的时间倒数，殊不知山下的人，才是用血肉之躯投入了一个又一个试炼的战场。

上学给我的最大收获，就是时间可以分成独立包装，永远不担心受潮或变质。每学期都配额均等，你可以夸夸其谈也可以稳坐泰山，在固定学分和可容忍的叛逆空间里自然出场，再用驾轻就熟的方式展开叙述。只要不挂科或者留级，每五个月，都有一个重来的机会，每五个月，你都会跟同一群人走进不同的布景里，每五个月，你都将再度经历一番似曾相识的昏昏欲睡。

虽然在你的身边，总有一些人最早起床，最早坐进自习室，最晚离开图书馆，但他们原生态的抱负不会给任何人造成挤压，在他们凿壁偷光的同时，有人爱得死去活来，也有人邋里邋遢得天昏地暗。毕竟，当身心都处在一个强健且规范化、模式化的状态中时，所有跟思考有关的活动就变得飘忽拖延了，即使什么都不想，也照样可以把奖学金或者游戏通关当成最高目标，在自习室或者寝室里完成一次次的本体升华。

学生时代的选择都很友善，比如究竟是要选食堂一楼的小锅羊肉，还是二楼的石锅拌饭；究竟要逃哪个老师的课，以便获得最人迹罕至的洗澡时间；究竟是要观望哪位异性，才能让自己的青春不落俗套。而当你一次次做出决定时，就好像看到了人生棋盘上一个又一个任务的解锁，不管漂亮或难看，都浅显易懂，一目了然。

原以为一直如此的程序，在毕业之后，统统变成了一种意外又意味深长的模样。

一旦没有了堡垒、没有了课时、没有了寒暑假，未知的世界就生猛地朝你砸下来。这时候方才觉得，原来最让人心里没底的生活，不是困难，而是陌生。很多东西并不比你想象中虎视眈眈，因为它们压根儿就从来没在你的想象中出现过。

披着独立的假面，毕业让你从头到尾都无所依赖、无所仰仗，直立行走这时变成了一场关乎尊严的攻坚战。在眼花缭乱的布景板下，一开始就没有任何固定的框架。越自由，你就越需要冲破混沌，去规划和排布。包括职业、城市和生存环境。在练习题和模拟卷纸都欠奉的条件下，所有的尝试都是一场逼真的现场直播。

有的人选择考研，有的人选择回家，也有人做了一份连自己都莫名其妙的工作，或者，拿着爹妈赚的钱出国。如果把这些选择全部物化成可以提纯的晶体，谁都不知道里面有多少逃避、多少憧憬，以及，多少迷茫。

不过所幸，正是这些深浅不一的可能性，才让我们终于有了一个能大胆碰壁的地方，一些能死命磕着的念想。就如同毕业会把很多人从你身边拉走一样，在那些失陪、失恋、不知所终之后，还是会有新的熙熙攘攘的人群跟你擦肩，跟你走近，跟你在一个空间里奋斗。

虽说这些年也没少听过抱怨，关于讨厌走入社会，讨厌应酬敷衍，讨厌身不由己的种种，就仿佛说了这些，就可以叫停时间，重新回到两耳不闻窗外事的时代似的。可奇怪的是，明明这样需要从前的印记，同学会却成了逐年尴尬的存在，幼时被凭空架起的回忆，在交叉之后再无往来的伸展中，变得越来越手足无措。

事实告诉我们，成长就是在自我的层层加固中扩建，在这其中，因为材料、需求的不同，不可避免地要经历告别和迎接。我一直感激着毕业之后遇到的人们，跟学生时代相比，他们在用更鲜活、更深刻的方式为我补充养分。这些改变没什么可大惊小怪的，就像所有的游戏都有不一样的规则，不尽早熟悉和适应，你就没法玩得开心和尽兴。

你也可以管它叫作心理上的推翻和再造。走出校园之后，目之所及是一个更宏大的场景，它的美好跟它的丑陋一样，都是不留情面地铺开来得。我们不能只盯着让自己困惑和不适的那部分去拆卸分解，而是要明白，当目标不以五个月、四年为计数单位的时候，我们要用什么样的姿态和方式，才能更加坦然、自在地活。

生活从来
都宽容
任性的人

冷和暖之间，变换的是四季，死磕的是人心。那些柔软
的漏洞啊，既容易攻克又难以说服，若能一见如故，酩
酊大醉又如何，反正，生活从来都宽容任性的人。

都什么年代了，我们凭什么被逼婚

说心里话，我平时是比较反感"凭什么"这类语法结构的句子的，总觉得透出一股无计可施、狗急跳墙的戾气。可当我们被迫面对逼婚这个话题时，突然就觉得自己词汇贫乏、大脑缺氧了，搜肠刮肚都想不出更贴切、合适的修辞，貌似只有唤起心底野性的呐喊，用"凭什么"来回馈，才能对得起那些充满爱意和关怀的眼光。

逼婚其实是新时代的产物，哦不，是新时代的垃圾，就像塑料泡沫，不可降解也不易腐烂，除了彻底杜绝，根本没有中间路线可选。

前些天一则新闻把我惊到了，说一个 26 岁的女生因为爹妈的逼婚，直接选择了跳楼，遗书的内容大概是，你们安排冥婚吧，我再也不会反抗了。后来女生被抢救，总算捡回了一条命。父母们很不理解，这种发自内心为你好的行为，怎么就成了把你推向深渊的罪恶黑手了呢？

人一到适婚年龄，经历些老一辈的盘问教导总是免不了的，但这不意味着就可以强加观点、强奸民意，好像你不结婚就要被上纲上线到道德的高度，礼义廉耻孝样样不及格，丢到少管所里都嫌累赘似的。

可逼婚跟不结婚，根本是完全不同的两个概念。后者是自发、主动的一种态度，并且可逆。比如说有人不相信爱情，有人受过重伤，有人没遇到对的人，有人就是不喜欢人类，不喜欢两个人生活，这些全都能构成一个人不结婚的缘由。好比考大学填志愿，你能报金融系数学系，就不能阻拦人家去热干面研究所以及马铃薯学院。何况这些人最后十有八九会推翻原先的想法，找到个满意的对象，叛国投敌比谁都麻利。

逼婚就不同了，这是外界因素，是跟你有亲密关系乃至生养之恩的人强加于你的一种压迫和指责。它野蛮、直接，最重要的是不可逆。也就是说，这开关一旦碰上，不管是主语谓语还是宾语，都会进入一种无法自持的恶性循环态，他们一个劲儿地突击，疯狂地刷新纪录，而手无缚鸡之力的你，除了一个劲儿地推脱和逃避，就只剩下破土而出的愤怒了。

都是贡献社会、正直善良的青年，凭什么就走到这一步了呢？

前些天我的一个朋友发来短信跟我说，想跟她妈断绝关系。不是任性开玩笑，原话是有她没我，有我没她。还真是官逼民反，民不得不反啊。话说她妈妈为了完成逼婚这个光荣而艰巨的任务，大老远从沈阳跑到了美国，并且做好了长期盯梢的准备。这就意味着，朋友要经历少则一季度，多则半年的心理煎熬期。我琢磨着，一个季度，商场里打折款都换一番儿了，她娘亲却还岿然不动。

生而为人，她感到十分困惑。结婚这事儿，究竟是两情相悦后共度余生的幸事呢，还是迫在眉睫处事不宜迟的任务？

细想一下单身要踩的雷还真多啊，结婚就像是一堵巨大的柏林墙，把本来一样的人硬生生分成两个世界。虽然这边的人数也是浩浩荡荡，但依旧像异类一般，被特殊看管特殊对待。当然，不同的是，他们在观念里设置了障碍，在行动上还要拼命把你往对面推。

也许越是至亲的人，容忍度就越低。久而久之，就成了一块心病，最后演变成"只要能结婚，总比单身好"的世俗常态。

我们自然要歌颂婚姻带来的温暖和启发，但也没必要默认单身就是无依无靠的人间惨剧。两者之间，烦恼同快乐旗鼓相当，无非都是生活状态，全无高下之分。

搁以前，女的不结婚就可能没有生存能力或生活保障，所以那唯一的一条路就成了必然的进化逻辑。但到了现在，雌性动物们完全有资格在职场上独当一面或者去环游世界叫醒灵魂，嗨点无穷无尽，结婚反倒成了随缘的际遇。正所谓是，有不急的底气，才能真的不急。

我不想劝谁去当独行侠，只是当单身已不知不觉变成"非主流"之后，就像是顶着朋克头行走在菜市场一样，周围那些指指点点你光听听就很泄气。这会让原本的认知偏离轨道，继而做出莽撞、无知的举动。那些关怀的声音，旁敲侧击地提醒着你的清仓时间，好像再多过一秒，就要被扔进废物处理工厂似的。

大概，只有把单身的状况描述得愈加惨不忍睹，逼婚的人们才有继续下去的动力吧！不然，若是连他们自己的信仰都受到了动摇，那该是多么的可怕啊。

除了必要的强化步骤，例如睡着、醒着、说梦话都要重复这一主题之外，还一定要有主观预判的程序。一个世界上最通用的说法你一定听过，那就是：单身，因为你挑啊。

这陈述可太逗了，一个人不缺鼻子不少嘴，四肢发达头脑健全，工作努力有情有义，凭什么就不能挑了呢？难道要像地摊 5 点之后的扒堆菜一样，看都不看就捡回家吗？面对着要跟自己走完人生道路的伴侣，当然要理智谨慎些。投缘不投缘、未来追求相不相同、生活习惯能不能共融，这些如果不看看清楚，你倒是告诉我，签字画押的时候，你如何不肝儿颤？

还有一点，就是过了 xx 岁就没人要了，找不到一婚就奔二婚的去了，连二婚的都不想搭理你就只能找带孩子的了！然而我发现一个微妙的变化，在我小的时候，叔叔婶婶对表姐逼婚时，说的是二十五六岁，等我长大了，口径已经统一成三十岁，看这趋势大有实行渐进制推迟逼婚死期的意思。看看，大人们多狡猾啊！当他们知道自己的立场有误，并随时可能受到质疑时，就神不知鬼不觉地改变了游戏规则。真正的科学可没这么见风使舵的，或者也可以理解成，为了维护真理，只能编造一个又一个谎言。

可问题在于，要找到自己的另一半，从来都不是件轻而易举的事，不接受这个思路的人跟当初质疑哥白尼其实没什么两样。你要经历一些错过和空窗，也许中间曲曲折折，往往还伴随着误会和伤害，最后那个人才会不偏不倚地出现在人群当中。

能早早遇到的，是一些人的幸运；还有另外一部分，出于恐惧心理而草草下单，从相识到恋爱，从结婚到产子，时间越来越短，闪电再也不是宙斯的专利了。

很多人对我抱怨，一个人过有什么不好。答案是，一个人过太好了，但我们的目标，不是想要更好吗？因为毕竟，除了独来独往的乐趣，在生活中，你终究还是需要体验互动、摩擦、关心、分担等的成长经历，有嬉笑怒骂，有心驰神往，才是多彩的人生啊。至于更多的，我还小，去找钱锺书和杨绛吧，相信他们比谁都有资格为你归纳总结。

综上所述，告别单身走进婚姻的前提一定是，要比你一个人过得更好。

憋出一肚子内伤的"好人"

不是所有我们擅长的东西都能称之为优势，比如逞强。

逞强是颇具权威的骨气展示，体现在行为上就如同米线店的辣椒酱，只放一小勺的时候会觉得沁人心脾，够提神也够提味。要是咣叽倒进去半瓶子，不但整碗基调尽毁，重者还让人舌尖麻木，直想掀桌。

明明是铺张浪费却不讨好的事，实践者却一直你追我赶，后继有人。

我有一个好人朋友，每次一想到他，心里都会默默唱出《好人一生平安》这首老歌。只可惜他活了 33 年，却总是无法安生，周围各式各样的要求和拜托认准了这个中心磁场，就那么直勾勾地扑到一个再普通不过的老实人身上。而他的处理程序通常都是"为难—接受"和"为难—很为难—接受"，从来就没说过拒绝。

但凡加班或是周末出差，他都是屹立不倒的黄金替补，别管出场阵型如何，反正肯定踢到终场。以至于领导们乐得省心，干脆直接给他划到千年首发行列中去。香港刚实行限奶令那会儿，几年不见的内地朋友们一个接一个地冒出来，纷纷请他出手挽救家里那朵祖国的花儿。于是，这个未婚没孩儿的男人，不管走到哪儿，行李箱里永远都躺着两罐沉甸甸的奶粉。

我们最后一次见面，是在我家附近的医院。他因为腰脱挂了急诊，倒在床上脸色惨白。说起原因呢，是帮同事搬家，一个劲儿没用好，老毛病就犯了。这可吓坏了本来想庆祝乔迁之喜的小姑娘，惊惶地站在病床旁嘤嘤嘤地哭，一边抽泣一边跺脚埋怨他"怎么不早说"。好人憨厚一笑，说你都开口了，我怎么好意思拒绝。

后来病养得太慢，老板暗示说要不你回家休息休息吧，他没吭声就回去了，然后就没再回来。

他其实跟我交集不多，印象总停留在那个穿着西服、白衬衫，手里拎两罐奶粉的画面中。有时候天气太热，隐隐约约能看到后背上沁出的汗迹，挺不美观，也挺让人心疼。

相比之下，坚强小姐可谓熟人了。她最常做的事就是跟我倾诉感情烦恼，然后让我结合星象给出解决方案。我当然没这么神通广大到指哪儿打哪儿的地步，何况大多数问题本来都出在她自己身上。

说是感情烦恼不太准确，我觉得感情起码是两个处在恋爱关系中的人有来有往，可在她这儿，男友的参与度几乎为零。

这是一个性格独立、脾气硬得能敲碎石头的姑娘。从换灯泡、修电脑到做项目、找客户，可上九天揽月，可下五洋捉鳖，堪称当代巾帼，有时也让人怀疑她体内是不是雌雄激素排布错乱。男友是公司的部门主管，如此男才女貌羡煞旁人的组合，倒是她长久以来的一块心病，甚至认为这直接影响了别人对她的公正评价。本着铲除职场妖风邪气的原则，也为了证明自己的能力和水平，每当遇到困难，男友都得天独厚地成了第一个被排除的求助对象。哪怕自己在地缝里憋死，也绝不向男友呼救。

因为屡次的"被无知"，她男友经历了从错愕到困惑再到绝望的心理蜕变，几番苦口婆心的交流，也免不了吵架冷战等极端手段。总之，坚强小姐就是嘴上答应，但一到状况发生便又走回老路。用她自己的表述方式是，一想到要对方伸出援手，就立马觉得自己矮了半截。说真的，我觉得她特别适合扮演古装剧里的刺客，就注定了行踪诡异独来独往，别说恋人了，连影子都不能有！

不幸被我言中，坚强小姐终于还是难逃失恋的命运。当晚，男友载她回去，到家时停下车说，我们分手吧。

一直到那个艰难的"好"字说出口，她的脸始终面向正前方，任凭心中兵荒马乱血流成河，始终不肯转过脸去，跟对方好好地说一说，谈一谈。她避过了所有的拉扯和疑问，甚至，避过了哪怕是一丝悲伤和不舍的流露。男友最后叹了口气说，你果然不爱我。

这是她得到的答案，让她百思不得其解，也是令她至今还不愿重新开启恋情的答案。她说也曾想过分手，但没想过分手的原因是如此无懈可击，所有的感情和纠结在那句话落地之后，全部归零。

那天没有水逆也没有金逆，星象好得一塌糊涂。我劝她去说明白，把跟我流的泪水、吐的委屈都物归原主，可她却说，是人家提出的分开，再回头去缠着不是丢人现眼吗？

原来她不光是高耸入云，还不为爱折腰。

当我们像坚强小姐那样咬着牙挺起高傲的头颅时，心里一定全是骄傲和倔强，哪怕是像好人先生那样勉强，在那个时刻，应该也是想给自己唱首赞歌的吧。

对很多人而言，都是宁可腰脱，也不示弱。

太过热衷于武装强悍的自己，往往会陷入到一种惯性中，即便环境千差万别，也不愿接受无能为力这个事实。总觉得还可以再撑一撑，还差一步就化身为钢铁侠，带着并不坚硬的身体和意志所向披靡。

倘若真有这样的理想，等到能拯救世界那天再说，也不迟。

而现在，如果真的迷路了，就不能羞于启齿。

示弱有多难？难就难在不是逼你去上刀山下火海，而是要你低下头，清清楚楚、明明白白地承认自己的渺小。就像路遇某个有过节的人，既然都四目相对了，那就叫出名字，问声好。这不难看，是难能可贵的诚实。

刘德华都表态了，男人哭吧哭吧哭吧不是罪。谁都没有责任或义务无所不能，每个人对疼痛的感知程度本就不同，先叫出来的不是弱者，最后一个才倒下的也不一定是英雄，只能说明你还够敏锐，尚未迟钝。与其对自己步步紧逼，真不如告个饶，救世主什么时候来要看缘分，至于你，最不济还能休息休息松口气，不至于脱水休克。

再说，无论是恋人还是朋友，他们的亲近和喜欢也绝不是因为你的功能，否则，那些比你更能的人，怎么还没被抢断码呢？

别因为漫无目的的尊严而让自己为难，许多时候，只有接受这些无奈，才能够成长；承认这些软弱，才能强大。更重要的是，只有力所能及，才不会过犹不及。

姑娘，不要去追求无比正确的人生

你最近一次犯错，是什么时候？

能问出这个问题，真觉得自己不合时宜。明明快忘记的事，或是死乞白赖好不容易在时间里贴上封条了，偏被我大嗓门一喊，就黄粱梦中惊坐起了。一闭上眼睛，那些踌躇满志却狼狈收场的宏伟蓝图，大脑一热不假思索迈出的流星大步，自以为是深信不疑选的人、下的注，还有像脚底踩了泡泡糖一样黏糊糊脏兮兮，甚至没来得及准确定义的不悦回忆，全都回锅翻熟，朝你得意扬扬地坏笑，还带着热气腾腾的二手油的味儿。

可让我甚为不解的是，大家在这件事上的深恶痛绝，就像食物过敏者对待自己的腹中克星，闻之生恨、望之生厌，最好它们能和同一花科、相邻纲目的一起消失在地球上，那才大快人心。

朋友中这样的记录保持者，是位相识两礼拜就闪婚、领证，然后一个月就闪离的姑娘。即便早已有了新的固定交往对象，她仍旧不能对上一段感情释怀，逢人就会不厌其烦地数落闪婚的弊端，从精神世界到生活日常，甚至连婆媳关系、家常里短这些放之四海皆准的烦恼，在她口中，都变成了为闪婚人士量身打造的陷阱。以至于每每参加婚礼，她都会用过来人的姿态对新人的熟识程度做出一番调查和判断，然后又语重心长地给出祝福，或是，诅咒。

不过，犯错的世界竞争也很激烈，这姑娘眼瞅着就要被另一个小伙儿超越了。这小伙儿是在去年股市最激动人心的腥风血雨后，赔得稀里哗啦的一位青年才俊。跟上一位刚好相反，他用雄性特有的胸襟压制住了自己的愤怒，选择讳莫如深。手机屏保换成了一个大大的草书"戒"字，将家中所有跟炒股、理财有关的书统统扔掉。只要聚会里有他，炒股、基金就变成了心照不宣的禁忌话题，就算看到新闻里偶尔出现的大盘走势报告，朋友们都会触电一样马上从沙发上弹起，一个人负责转移他的注意力，一个人使出一阳指，瞬间切换频道。

我一度觉得，犯错是个比成功、暴富都更有魔力的词儿，它能带给你远远超乎想象的反作用：有的人要忍受信仰和三观的颠覆；有的人要看着银行里瞬间缩水的数字，具体地感知内心流血的过程；就更别提那些低级失误引来的破口大骂，报砸的志愿、选歪的工作、没经大脑就喷出去的话，等等。仿佛你的人生自从被它们侵略，就满目疮痍，连洗澡吃饭都要贴着一个 loser 的标签。来，过来看：l-o-s-er，然后还不依不饶地把你按在伤口附近数年轮。

太残酷了！这绝对不是人生鼠标上的手滑，简直是命运的一次次呕心沥血的惩罚！

于是，我们乖乖中计了，像一个游戏人物，走完了所有的程序设定。包括辗转反侧、自怨自艾、张皇失措以及痛哭流涕、誓不罢休。

等这番"自我蜕变"完成，就是对你社会属性的轮流碾压。最常见的问题就是：别人会怎么看我？我哪儿有资格跟人说这个？还有人会相信我吗？我还怎么再相信别人？我不是这块料，是不是根本就不适合做这个？

真是无言以对，我心里默默想，嗯，真不是这块料，最适合你的就是去演琼瑶剧，每天只重复一个动作就行：一边扇自己嘴巴，一边无限制地嘟囔——我该死。

原谅我的恶毒，因为这样问的人，通常都只有一个原因——太把自己当回事儿了。

人类的记忆曲线是不规则、有选择性的，能让你铭心刻骨的，别人并不一定就念念不忘。大家都对自己的投入、成败、得失集中关注，而对其他人的喜怒哀乐则一带而过，最多送几句冷嘲热讽，你还应该感谢人家为你搜集了为数不多的脑细胞。甚至还有些人是心怀期待的，想要看看你摔倒之后，还能用什么方式爬起来，然后继续对着镜头摆造型。

可惜多数人表现得都太狼狈，只有少数人肯就地取材，生出一把火，做出比闪光灯还亮的舞台效果。

刘若英在歌里唱"我宁愿犯错，也不错过"。奥普拉成名前抽烟吸毒喝酒，14 岁就早孕早产，孩子夭折，放荡经历还被八卦杂志曝光。可这些放在她日后叱咤风云的脱口秀生涯上，却早已变成了为众人所膜拜的附加值。真正让人过目不忘的，永远是她坐在沙发上行云流水的妙语连珠，还有，她在那高不可攀的福布斯富豪榜上的排位。

她并非是个特例，只是把普遍认为的不可救药，活进了人生逆转的轨道。

犯错是大忌，从小我们就被教育要十拿九稳，最好没有误差。就像把原材料放到工厂里，踏踏实实地躺进世俗价值的模板中，从上学到高考，找完工作再结婚生子，买完房子添置车子，最好还有一套盈余的不动产做投资，然后等着年头升职加薪，顺着流水线走完全程。等出来的时候，你是人工催熟的草莓，我是机器清洗的土豆，他是加速风干的牛肉，确实没什么可挑剔，大家半斤八两都差不多，摆在超市货柜上，赶着搞活动促销还能成群结队地被放进购物车，一起转移地点，一起为了能够善始善终再使把劲儿。

与之相对的，是奥普拉和"奥普拉们"那特立独行的名字：手工制造。不管主动还是被动，一旦选择了这样的方式，就意味着远离捷径，而且最大的风险无非就是失误。你得忍受经年累月做好的皮鞋比例失调，自家方子烤出的蛋糕一塌糊涂，但与此同时，你也可能会遇见峰回路转的惊喜和百炼成钢的勇气。只不过，这其中的一波三折太考验心脏，艰辛到你每次都几乎想要放弃，孤单到仅有的几个同伴都在路上挂掉，可你还得咬咬牙，再坚持一里地。

这就是为什么一旦被标注为"手工制造"，它就会带有一种独特的温度、光彩和灵气轻易地呼之欲出，就连偶有不齐的针脚，或多放的一撮肉桂的味道都显得那么回味悠长。买的人众里寻他，卖的人厚积薄发。

所以，我无疑更爱后者，因为它们每一个都不可复制，而且极具价值。

那些生命中义无反顾的倔强

每逢回家，最害怕的事就是听我妈抚今追昔，没有之一。

不管之前聊到什么话题，她一定能扯回到我小时候，然后用"那会儿你多听话、多懂事啊"当序曲，以"现在怎么就这样了"配合长吁短叹作为完结。

我很冤枉，本来就没有为非作歹，没干什么天理不容的事。跟别人正相反，我活得总是慢半拍。在人家都疯疯癫癫的青春期里，我在凿壁偷光，焚膏继晷，青春期一过，就像是 12 点的南瓜马车嗖一声无影无踪，一个原本温顺的孩子立刻变身为青面獠牙、破坏力极强的异形，不费吹灰之力就完全脱离了她的管束，还动不动就用机关枪扫射的方式让她原本就弱不禁风的小心脏更加千疮百孔。

高考那年报志愿，我的选择有幸获得了家里老老少少的全票否决，让一个水灵灵的姑娘只身投奔到长江中下游的火炉里去，他们无论如何都不能苟同。就这样，我们之间开启了旷日持久的战争。那段时间家里门庭若市，七大姑八大姨一股脑儿冒出来对我苦口婆心，阵仗堪比规劝刚从传销窝点里被解救出来的无知少女。

无奈少女就是一根筋，仗着自己分数高，大笔一挥强硬落实了不说，下面几栏还统统都不服从。最后的结果就是顺利地被人才济济地挤出了大门，在我妈偷偷补填的第二志愿里蹲了四年。

　　这件事至今为止，还是她最大的一块心病。

　　老人都说，怕啥来啥。后来读研、工作，明明是离家越来越远，但就像是中了咒语一般，大事小情总要言而有信地给家里添点儿堵。几乎都是"过来人"给指的阳关道我不走，非要小尾巴一翘踏上个独木桥。

　　事到如今不得不承认，光从结果的成功率上来看，前者所言绝对是秒杀的真理。但如果从经历的观赏价值和珍稀性上讲，我仍旧持保留态度。而且总的来说，我过得还是很开心的，头破血流之后，长出了不少新肉，省得去打玻尿酸了。

　　有句话叫"成年人要懂得为自己的选择负责"，这真是我听过的最离谱的说辞了。从受精卵到直立行走，这么多年，虽然我们的身体脱离了幼稚，但有几个人真正能做到自己去选择？更别谈什么负责了。

　　不管你的年龄、性别、地位如何，每当面临分岔路的时候，总会发现自己正置身于矛盾的最中央，平时不见得多受重视，这会儿立场、条件、风险全都跑出来了，对你轮番绑架招安。可是令人难过的是并不是所有人都能设身处地地为你着想，而更不幸的是，你内心的那个微弱的声音往往是跟大多数相悖的。

　　原因特别简单，一部在第一集就告诉你凶手是谁、大 boss 在哪儿的电视剧，你还会废寝忘食地去追吗？当然不排除这中间存在的跌宕起伏，一波三折也会格外引人入胜，但如果只有两种可能，我想，剧透的人生还是不被感激的。

那些"悬念"，在电视剧里为收视飙升立下了汗马功劳，可我们生活中的这些冒险，却未必是皆大欢喜、合乎逻辑，有时候甚至会很雷人，会让人沮丧和懊恼。小到试了美妆新品长出一脸痘，大到炒了老板吃一年素。

但有一点，如果你也跟电视剧一样一夜成名，家喻户晓，那么这些情节必定功不可没。

我最爱的武侠人物是金庸笔下的令狐冲，当年本可以在华山派当个高枕无忧的大师兄，却脱离了岳不群，不但给一群尼姑当起了掌门，还为救相好的率领教众冲进少林寺大门。那种"冥顽不化"的真性情，配上天塌下来都不怕的操行，真是帅一脸啊。

其实我们比令狐冲幸运多了，身边既没有阴险毒辣，还自宫练功的师傅，也没有真气混乱、无药可救的内伤。最多的无非是为了我们前途担忧的碎嘴子长辈，他们的出发点无非就是想让年轻人少走弯路、少受磨难，尽量选一种可靠的方法来抵达目的地。可也许就是这样安逸友善的环境，让我们即将要开启一段未知的旅途时，总是不由得自己先打了退堂鼓。毕竟，谁也没给你逼到那个份儿上，用差强人意的日复一日换上梁山的孤注一掷，确实不是划算的买卖。

我又困惑了，目的地和终点，这两个词儿能混为一谈吗？

对周围人来说，目的地就像是考试的标准答案，无可指摘，质量上乘，如果再往前走就是离经叛道了。他们能告诉你前面有怪兽，这是没错的，但是，没有人能告诉你这怪兽是要吃了你，还是要帮你实现三个愿望。"前面有怪兽"就像是一代代传下来的家训，你只要听到便会不假思索地绕道而行，然后统统去往一个方向；至于另一个，他们，甚至他们的祖祖辈辈，也许都还没试过呢!

那些地方有着致命的吸引力，它迷人而新鲜，还标注着"季节限量"的字眼，散发着无畏和希望的气息，让你想斗胆一试，付出热血和爱。来日方长是骗人的，及时冲上去才是不负如来不负卿。

有些地方，我们就是非去不可。

想想从古至今，所有的新事物和新秩序，都是从昨天的不羁演变而来，然后成为今天的正道，甚至还会被奉为明日的经典。

当然，投机倒把、抢银行、破坏别人家庭等事儿都不在此列，这些充其量叫作死。

可能我是个天生乐观的人，一直都觉得冒险的结果绝对不是《飞越疯人院》里麦克墨菲那句决绝的"至少我试过了"，而是在若干年后，一群人围在你身边，听你轻描淡写地讲述"当年我第一个吃螃蟹的时候……"

深藏功与名，都付笑谈中。哎呦，这多威风啊!

输赢，不过是种姿态

在很多较量当中，跟最后输的人相比，赢的人反而更尴尬一些。

赛点一结束，终场哨声吹起，你根据人群的趋附方向和速度，以及对面人垂头丧气的表情，基本可以判定：自己赢了。

从小在港剧里都能看到此类镜头：商海沉浮，豪门相争，斗尽十八般武艺后必定会有一场决定命运的大战役。然后，主角在千钧一发之际力挽狂澜，展露胜者的笑容，身后荡气回肠的音乐响起，我心沸腾。

也有小情小爱的家庭伦理剧，两个女人为一个男的拼得头破血流。人设必有一方如狼外婆般凶狠歹毒，另一方则天真烂漫堪比白莲花。结局也不外乎莲花跟男主角终成眷属，受到众人祝福。这时镜头一定不忘配上狼外婆落魄的样子或痛苦的表情，用对比打出反射大强光，以飨观众。

生活中就不用对比了，鲜花和掌声比谁都势利眼，对着刚加冕的那位一哄而上，像老母鸡啄食般赐予你充分的肯定赞赏。这时候，你不吞下两斤二锅头都没劲儿挤出人群跑回家。

不然怎么总有人会用到"眩晕"这个词儿呢？花团锦簇中任谁都会有点儿迷糊，昨天还忐忑不安心里打鼓的自己，随着一阵欢呼就被收进闪回的电影，一帧一帧地往后退，好像是发生在上辈子的事儿。上辈子那个人越看越眼生，是走了狗屎运，还是劳有所获，已经没那么重要了。奥林匹克精神说过，重在参与。做出参与这个决定就是最明智的举动，暂且忘记侥幸和疑点吧，唯现在的成就才眉目分明。

记忆并不公平，对胜败双方都有偏颇，才导致有些人一直会记得切肤之痛，而有些人则在假象中轮流坐东。每次看到电视上成功人士的访谈录，我都会由衷地觉得，这个世界真艰难啊，我们之所以还是蝼蚁，正因为没经历过人家的九九八十一难。人家都头悬梁锥刺股了，还能脚不沾地死里逃生，5岁跟着奶奶相依为命，18岁只身一人闯荡所有积蓄被骗光，20岁好不容易找到营生混口饭吃，30岁心细胆大敢去虎口拔牙，40岁成为某领域一代枭雄，从此横扫千军万马……

看得我羞愧难当恨不得找个地缝钻进去，瞅瞅自己，果真配不上这一个个登顶的天梯。

混日子难成大器，可成了大器也不是高枕无忧。从前还默默无闻，一朝得胜回朝，皇亲国戚都跑来登门拜访，敌方阵营的大将纷纷倒戈，朋友圈容量自然不可同日而语。以前觉得交朋友真难，现在好了，叫得出名的叫不出名的全是至交，少说也有借过半块橡皮的渊源。被拉上一个个千奇百怪的酒局饭桌，跟着那些海参燕鲍翅一起被一筷子一筷子拆解，同时还不忘附上没来由的请求，就算再粉饰太平，都面目狰狞了些。

要知道，获胜有一种妙手回春的力量，让你坚信自己走到今天这一步，是非我莫属的天降甘霖。接下来，你要是不拿出点儿诚意来悬壶济世，怎么都说不过去吧？

当然，周围用什么阵仗助势，也会成为一个无法忽略的敏感问题。五洲同庆那是言过其实，雷声大雨点小又觉得怅然若失，感觉特别像从丫鬟变成一夜走红的新星，自己穿戴整齐到了机场，发现竟然没被认出来，把墨镜摘了绕场三周仍旧无人问津，简直不敢相信天下还有这么落后的地区，怨人们没眼光跟时代大潮同步，心里再怨也没法怒吼，这种隐痛还真不能跟别人说。

没办法，观众总是比当事人更健忘。精彩的比赛太多，喊得再猛最后也不过是看个热闹而已。除非你能一直霸着场子，还常胜不衰。输的人拍拍屁股上的土站起来了，赢的人往哪儿走可就没那么简单了。通常情况下，无论是谁，对胜者都会寄予极高的期待，连路边儿不认识的卖煎饼的都能跟你说一声"再接再厉"，你哪儿好意思不扛着千斤顶冲上去？

可关乎未来的事情，总是有无数悬念。你肯定要改变策略，把未来从路线到方针政策都调整一番，却不能百分百确定，这次还能不能交上好运，再实现卫冕。若是昙花一现，岂不成了教科书里的伤仲永？得对得起别人的期待，也要对得上自己的资本底气，真想说如果能像大富翁那样随便掷个骰子多好，成不成的好歹还有个借口呢。

一般在这节骨眼儿上，双商都会原形毕露。28年前，刘嘉玲和曾华倩同在演艺训练班，前一天还是给闺密和男友出谋划策的感情智囊，手一抖就发展成横刀夺爱的地下情，不明就里的人们还跟着金童玉女如痴如醉呢，这边胜负却已有定论，最后还是被记者跟拍才水落石出。

按说是赢家的刘嘉玲跟闺密闹掰，落得个千夫指的下场，好些年都没逃得过小三上位的阴影。可她却全然不当回事儿，自己的日子该怎么过就怎么过，没因为要宣誓主权就急着结婚，也没因为众说纷纭就跳出来辩白，一天比一天随心所欲，练就了一副自在活着的好气色。

后来的裸照风波震惊了全香港娱乐圈，梁朝伟第一时间出来声援女友。又过了六年，两个人最终在不丹完婚。2012 年，曾华倩主持一档节目，请到宿敌登场，当年的战役硝烟早散，现在看虽然胜者风采还在，输赢却已经无关紧要。那张两个女人手拉手的世纪合照，被很多杂志奉为经典。想来绝不止冰释前嫌那么简单，只有现在的状态才能证明她们是一直往前走的，谁也没被历史扣住，成为胜败当中那个身不由己的人质。

有趣，比漂亮更圈粉

最近，明星圈里特别流行自黑，不管是上节目、做访谈，还是日常发发微博，都少不了一些俏皮话和拿自己开涮的段子。你说我胖我就当真喘给你看，你嫌我脚臭我就时刻摆出招牌动作吸引眼球。还有夫妻打情骂俏，互发丑照，在社交网络上跟粉丝比手快抢沙发等，玩儿得那叫不亦乐乎。

还真别说，人民群众很吃这一套。看着曾经亦真亦幻的明星放下了架子，把自己做成一盘极品小肥羊端了出去，配上热腾腾的火锅料，岂有不埋单之理？

一般看到这样的，无论是不是公关公司的宣传模式，我都会多出几分好感。大大方方往自己头上浇一桶冰水，总好过将来被其他人泼油漆。台上的人拉近距离接地气，台下的人看着追着也没那么辛苦，说到底明星们的衣食父母还是老百姓，捧场是因为喜欢，看着舒坦，最重要的是，在自己相比之下不咸不淡的日子里，有一个提神醒脑的好去处。

今时不同于往日，早就不是一部《还珠格格》，一首《心太软》

就能霸占一个时代了，真人秀和题材剧走马灯似的换，铁打的营盘流水的兵，就算没作品，私生活和红毯秀都能酿成一个个猛料。有意思的就会让人多看两眼，多记住几秒，弱肉强食的道理，这会儿表现得简单粗暴，但也有据可循。

坦白说，在与人交往的过程中，我也推崇相同的套路。最怕遇到闷闷的人，萍水相逢鸦雀无声，要是再赶上话不投机半句多，两人特尴尬地杵在那儿，就觉得这一整天都不会再好了。每当这时，我心中的小人儿都会极度焦躁地东奔西走，搜肠刮肚，寻找话题和破冰方案，结果把自己累得半死不说，对方还丝毫没有往前跨一步的意思，好像钝感是种美不胜收的节操，但是，您能等身边的人走了再遗世独立吗！

幸运的话，还能调到完全拧着劲儿把你拉到相反方向的人，本来是想抖个包袱，人家居然能一丝不苟正儿八经地给接住，还抬起来了。那副认真模样总能让我想起上学时每周一的升旗仪式，于是聊着聊着就聊不下去了，遂给他们起名叫：聊崩王。

有趣的人就不一样了，他们脑子里有四通八达的接收系统，能够很快就辨别出来者何人，随即便解析成一套让你流连忘返的输出码。他们自带光环，吸引人不自觉地就想靠近，方圆几公里内都能阳光明媚。

曾经听一个哥们儿聊起自己的择偶标准，他的第一个条件竟然是：姑娘一定要有趣。把每一天都过得好玩儿，本着这样的结果导向去左右过程，想来这一辈子也是快乐占据多数时光的。终有一天年华老去，满脸褶子的时候还能来段对口相声，也是幸事。

听得我特别感动，也特别感同身受。

在香港这么多年，一直都是时间的傀儡，气候也潮湿阴冷，不经意就能瞥见墙角的霉斑。所以，和人的交流欲望大幅减弱，粤语也随之拙劣得像个笑话。搬到美国之后，突觉草长莺飞，周围随便一个场景都是即时的情景喜剧。我邻居是对特别可爱的老夫妻，每次电梯里、走廊上遇到，必会给你讲段笑话，就连阴天下雨在他们眼中都能变成一场"伦敦一日游"。老头每星期都给老太太买花，圣诞的时候，两人生生把一棵半人高的圣诞树弄回了家，一顿捣饬。他们的亲人都不在华盛顿，但即便就两个老人的日子，也过得这般有滋有味。

有的时候想，活在这个世界上，不一定会有什么惊天动地的伟业，也没有那一夜暴富的好命。但好歹要给自己的日常来一点不沉下去的情调，老了、病了、累了，都能不枯萎不蔫吧，去发掘此时此刻的美好和欣喜，什么时候回忆起来，都是那么津津有味。

我知道这样挺难。生活总是先给人责任和考验，有心情的时候没时间，有时间的时候没心情。遇到再多的人和事，也是一笑而过的敷衍。规矩得如同修女，头上的黑纱擦得锃亮，走过场的时候步伐整齐。

隐隐地觉得，这样就是被生活玩儿了。

说话、做事、吃饭、工作，找点乐子真不是难于上青天的一件事，无非就是让中枢神经的最高表现形式再活跃一点，再发掘一下。有人在的时候会哄人，能玩能耍，能文能武，聊的话茬儿都会接，还可以再花样翻新地抛回去，举手之劳让人钦佩一下高情商，也算不白嘚瑟。

内向柔和一点儿的，没人在就更得把自己哄明白了。跟自己玩儿其实特别考验自救能力，这关系到你未来行走江湖的姿态，更关系到以后跟别人绑定时的主旨基调。千万别学林黛玉伤春悲秋去葬花，现在连精神病院都爆满，问个诊还得十天半个月呢！

所以，我由衷佩服那些会玩儿的人，什么状态一被他们植入，都能变得特有灵气。悲剧转眼就能迸发出笑点，流水账中也会闪现出一两道大师般的手笔。

这时候你就会发现，他们过得不是日子，是情怀。

做一个有趣的人，不光给自己解闷，也是行之有效的圈粉方式，即便你就是个普通人。

大龄女青年入场券

一位在报社做主编的女性朋友，最近险些轻生。

她跟相亲对象相处了两个月，双方越来越浓情蜜意如胶似漆时，男友突然提出想创业，搞个视频网站，目标是做中国的 youtube。在唾星四溅的宏伟愿景的冲刷下，她热血沸腾，二话不说，把自己积蓄几年的压箱底全拿了出来。结果你们可能猜到了，男友卷铺盖走人，在江湖上连个传说都没留下。朋友还来不及淌眼泪，只能挺尸般一遍又一遍地去找警察叔叔。

她讲这些的时候，我脑补了一下故事的高潮，年过三十、经济独立、工作体面的知识女性，带着对美好新生活的憧憬和坚定，敲下了一连串陌生的银行账号。怎么说呢，原来不管是男人还是女人，掏钱的时候都挺帅的。

而此刻的她，一直絮絮叨叨说要去死，但别误会，不是因为那笔钱，钱可以再赚。她只是一想到自己有一天也许会随着案情调查的进展，有幸成为自家报纸的社会新闻头条，这个习惯于坐在办公室里大笔一挥，执掌别人生杀大权的主编大人，都不能自已地深深感到恐慌，甚至四肢无力、肌肉痉挛，全身颤抖。

为了转移她的注意力，当然也是发自真心地替她鸣不平，我义愤填膺地提醒道："要是我，自杀前一定要把介绍人给砍了！"

虽然这种拉不出屎赖茅坑的行为很不君子，但遭遇了如此身心俱创的欺骗，难道没必要通知一下当时帮你牵线拉桥的人吗？讨说法什么的就省了，一要让他知道自己识人的慧眼，二也找点线索，为加快建设法治社会贡献自己的一份力量。

然后，她幽幽地说："介绍人是之前的房东，我们不熟，基本没什么联系了。"

我彻底360度转体后空翻了。八竿子打不着的前房东给你介绍了个对象，两个月之后你连人带钱让他骗得一干二净，这不是为了爱情掏心掏肺，完全是披襟解带把自己交给了诈骗组织啊！我说亲爱的，相处前为什么不好好考察一下，为什么连房东都轻易相信，你有急到这程度吗？

就在我无视她低落情绪，连珠炮数落的时候，她突然暴跳如雷，大喊，还不是被逼的，我能不急吗？我妈，我舅，身边每一个人都催我找对象，说都大龄剩女了，最后一拨都赶不上了，我只能发动所有认识的人啊！

然后我就被噎在那儿了，觉得此刻的自己特武断、卑鄙、落井下石，跟我一起长大的好朋友，没犯任何错，只不过是虚长个几岁，眼看到了人生最尴尬的年纪，偏巧去上了学费有点高的一堂课。还记得半年前，她在自己34岁生日当天发了一条很文艺很个性的感慨，最后一句是：在这个拥挤的世界里，就算你来迟了，我也一样会笑着张开双臂。

说真的，我们看了这话一点儿都不觉得矫情，反而都是感动和祝福。成长不是种庄稼，没法可丁可卯地去规划计算几月该开花，哪个节气要报收。能把握自己的节奏，实属不易。至于为什么后来着了道，大概再有定力的人，遇上如此高密度的心理摧残，都有跑偏的概率吧！

　　那天，一个90后的妹子微博私信我，倾诉感情困惑，说自己被男友甩了很难过，一想到作为大龄女青年的未来一片渺茫，就不知道该用什么心态重新站起来。

　　90后……电脑前的我差点儿就抓起杯子砸过去了，但一想想，26岁在古代都能当太皇太后了，这么看，现代人还真是效率低下啊。

　　一直觉得我们这代人活得特别夹生，生在改革下，长在春风里，听着山花烂漫一片美好，其实好多事情都不由自主。上一辈正是被时代压榨得最凶的那群人，打从有了娃的第一刻起，我们就成了他们梦想和寄托的代名词。等长大后，一通一通的社会转型、经济变革，高度自由里饱含着对每个个体的高度期待，于是一边想着撸起袖子大干一场，一边一不小心就被趋同心理和传统观念绊得鼻青脸肿。一旦在时间上完成了某种跨越，就彻底从"花样年华"的包间雅座被赶到了"大龄青年"的屠宰场里，屁股上还要盖一个紫色的戳，标注着你的新鲜程度和保质期。

　　作为雌性动物，烦恼更是排山倒海。身边不知道什么时候开启了自动提醒功能，用特别聒噪的铃声隔三差五就帮你审视下现状，社会舆论也争先恐后地神助攻，各种书籍杂志全是救助大龄女走出单身的同类文章，就像上学那会儿半夜一打开收音机就是前列腺治疗一样，一度让我曾误以为这是男人的天生缺陷。

好像人一旦到了一个年纪，啃老、失业、混日子都不可耻，最可耻的就是没有解决终身大事。你反驳就是大逆不道，爹妈一番苦口婆心后只能心有不甘地说"你自己决定吧"，但凡这句话出场，画外音必是"妈蛋，怎么就不听劝呢"。

　　更逗的是，每逢过年过节，社交应酬，你总会再经历一番碾压，好像干什么都不对。你事业有成，人家说，看看她，就只能当个女强人了；职场得过且过，看客更是大惊小怪，连对象都没有，还好意思这么平庸？好像所有人都可以演一部电影，叫《被嫌弃的大龄的我》。

　　跟我那位朋友相似，很多胶原蛋白还坚实挺拔，相貌才华一样不差的姑娘们开始黯然神伤了，然后就是泄洪般的惊慌失措，恨不得能脚下生风，赶紧去把堵在路上的那个真命天子五花大绑扛回家。矜持点儿的也食不知味辗转反侧，仿佛已经变成了被社会歧视的残障人士。

　　可你要知道，剩女跟大龄，明明就是两码事儿啊！时间对我们本无恶意，是我们自己辜负了它的用意。长大是一个多么奇妙的过程，意味着你又认识了一些人，走过了一段路，明白了几个道理，有更多的空间选择、思考，甚至是犯错。然后，能更从容、更洒脱地慢慢看到自己真正的需求和向往，一步一步不疾不徐，在人生的道路上准备就绪。

　　这是别人没有的机会啊！卡梅隆·迪亚兹的姻缘42岁才修成正果，周迅也是过了40岁才牵到真爱的手。明星们都需要时间来修复漏洞升级系统，更何况是我们常人。

大龄男青年入场券

提起笔来才发现，警察叔叔这段时间真忙，一个朋友刚去报案，另一个朋友这会儿就又要去寻人了。

李雷是我的高中学长，他把他的韩梅梅弄丢了，正急得团团转，已经打算去派出所挂失了。

之所以叫他李雷，是因为从高中开始，他就长着一副课本里标准的温和无害的脸，品学兼优，期末家长会也常被安排跟那些恨铁不成钢的爹娘们分享一下自己的学习心得。高考之后，他轻轻松松跨进浙江大学的校门，然后在 IT 业做得风生水起。如果现在流行的那个词"码农"是用来嘲讽累死累活还不赚几个钱的 IT 民工的，那我绝对要供个金元宝，刻上"码皇"，然后毕恭毕敬地双手呈到他的办公室里。

事业如此傲人的他，还是栽在了自己的韩梅梅手里。

韩梅梅不是我们理解的那种青梅竹马，其实两人认识才一年零五个月。但在 30 多岁的李雷眼里，从遇见她的第一刻起，就仿重新回到了校园，时时感受着春风拂面的和煦。她短发，精干，小巧，活泼，每次公司会议，李雷看着看着就能呆住了。更重要的是，他跨越了365天漫长的暗恋，终于鼓起勇气把一颗热腾腾的心拿了出来，而我们的韩梅梅，也收下了！

这原本应该是段才子佳人的童话，可好景不长，恋爱在李雷的生活中，总有点画蛇添足的意思。用他自己的话说，就是韩梅梅麻烦，常嫌他不上心，她说的事情他统统记不住，节假日什么的也会因为加班聚少离多。估计这一次的失踪，是长期不满的大规模爆发。

果然不出所料，原本说好的给未来岳父过生日，为了一个重要项目，IT男也屈尊到了酒桌上。没啥经验的他出了饭店大门就吐得气吞山河，一路喷薄到家。等醒来时天已大亮，手机12点前有两个未接来电和三条短信，然后就是无限循环的"您拨打的用户已关机"。

我听了哭笑不得，我说兄弟，你这不是自找的吗？她也不可能失踪，就是不想见你了。

冷静下来的李雷面无表情，疲惫远远大于歉疚。"我也累了，她要是实在想分，那随便吧！"

作为女性，我有点儿想抽他，但出于人道主义，又想找个让他心服口服挨打的理由。

在这里，我有必要再交待下李雷的非物质背景：白手打拼的他智商和情商一个天上一个地下，早年坚持先立业再成家，俨然一个恋爱绝缘体。事业有成之后，却卡在了另外一个节骨眼儿上，之前的几次暗恋和表白，统统以失败告终。除了韩梅梅，唯一成功的是到他们公司实习的姑娘，但交往没几天就让他帮忙转正。李雷就算再不聪明也知道什么叫动机不纯，于是灰头土脸地分手了。所以严格意义上说，这是他的初恋啊！

我很佩服韩梅梅，找了个恋爱经历堪比一片荒地的大龄男青年。但是她理由充分，说李雷虽笨，但是胜在人实在，让人觉得有安全感，对你也够真心。

　　所以后来的不满，应该都是最初构想的幻灭吧。不知道现在的她，是在给老爸消气，还是因为当初的选择而生自己的气。

　　看着眼前这个没精打采胡子拉碴的男人，手里握着一份挺珍贵的感情，却轻易动了歹念。可仔细回忆，认识这么多年，我跟很多人一样，也应该算是他的"帮凶"吧。在一个洗脑程序里，他小时候认真念书，不打架斗殴，不去网吧。升学毕业，几年一晃就过去了，然后独自打拼。我们一直孜孜不倦地告诉他，男人要争气，先立业后成家。就这样，几年又过去了。恰恰应了无间道里梁朝伟的对白，"明明三年，三年后又三年，三年后又三年，差不多十年了"。就这样到了适婚的年纪，他却突然发现自己像一个一套模拟题都没做，就要马上进考场的人，从题型到范围，甚至解题步骤都一无所知，而当初身边人强力灌输的那些知识，却没一个派上用场的。

　　这真不怪他。

　　人们对大龄男青年的态度，跟对待女性截然不同。多数人认为，他们的人生时刻表很灵活，有无限可能，只要你上进，踏踏实实把自己的经济基础、社会地位打牢，那爱情就是水到渠成、瓜熟蒂落的事儿。他们自己也觉得这是金玉良言，毫不犹豫地挥汗如雨，心无二用。就算春心萌动，也是走马观花，赚了更好，赔了不亏。对方拒绝，大不了在工作中找回成就；对方接受，就是中奖了。

　　李雷的恋爱，也或多或少有这种心态。

　　与其说不会，倒不如说是从来没有把经营感情这件事放进他成长的程序里。周围人也没有足够道行来把握尺度，从比例到分量，帮他进行一番恰到好处的排布。想得多了叫不务正业，索性不闻窗外事，万般皆下品，唯有事业高。所以成就了那么多丰功伟绩，银行账户的数字也一路稳定上升。越是这样，他越觉得当初做了明智的选择，感谢苍天。

但出来混总是要还的，除非你一辈子不恋爱。恋上了就总觉得别别扭扭，不明白女生到底在想什么，还以为谈恋爱就是说我喜欢你，对方同意便皆大欢喜。万万没想到，这才是万里长征的第一步，好像一只脚踩在了棉花上，说什么都使不上劲儿。她的情绪你没共鸣，她的感受你更是百思不解，该做的事一样没做，凡费九牛二虎之力的事情必适得其反。

说是不懂，其实是没耐心懂。几十年目标统一，精益求精，突然间要转换力道了，还不得抽筋脱水地场外休息吗？再说了，都这么大岁数了，好习惯没怎么养成，懒癌倒是奋起直追。不光是恋爱，就说初级的人际交往，又有几个人能做到恰如其分，游刃有余呢？

就在你不知道怎么办的时候，身边人又出来催眠了，告诉你男性的魅力是由时间炼成的，急什么急，到时候好妹子纷纷来投奔你。好像等到了40岁，就能一夜之间化身梁朝伟似的。然后你信了，结果真到了40岁，就一夜白头成了伍子胥。

想了想，我还是给李雷打了个电话，我问他还喜欢韩梅梅吗？他说废话！我说那你现在去找她吧！还有她爸妈，诚诚恳恳地去给人赔礼道歉，把你对工作上一样的劲头拿出来，别一下班就跟爆了胎似的。

他说，好。

社会是最好的驯化师

中午回家，在等电梯的时候偶遇了一位猴急的同伴。

大叔头发泛白，个子很高，我平视只能跟他的胸大肌对话。在短短的几十秒内，他先是不停地按上升键，发现三部电梯都在高层徘徊之后，便显现出了难以名状的痛苦表情，双目紧紧盯着电梯门的缝隙，时而还用拳头轻砸那不为所动的楼层显示屏。

我在距离他几十厘米的地方，突然感到胸口一阵憋闷，极度的不快迅速席卷而来，连手里拎着的新款甜品都变得有些郁郁寡欢的沉重。

然后电梯到了，在接下来的时间里，他也没有停止全身上下的抖动，好像那15层的高度晚一秒到达就要阴阳相隔一般。

看着他走出电梯的瞬间，我深深呼了口气，刚才的一分多钟跟今天的阳光明媚、外面的春暖花开对比起来，实在太格格不入了。

之后我一直在反省，自己是有多矫情才能对他的区区躁狂如此不适应，以至于破坏了一天的好心情。得出的结论是：适应了周围悠闲从容的迅速渗透和长久以来的好吃懒做，让我已经完全没法习惯这种急不可耐的表现了。

换句话说，如果搁在香港中环的早高峰，或是曼哈顿的下班拥挤潮，那应该是特别稀松平常的一件事。谁让我待在华盛顿，还选了一处闲云野鹤的住宅区呢？

原来环境对一个人的改变，真的是潜移默化的。它会让你不自觉地产生习惯，融入当下。

到美国两年，我已经很不争气地变成了奶酪上瘾者，吃饭也离不开气泡水，早餐用华夫饼机煎点碳水化合物成了最便捷的渠道。记得刚来的时候，远离稀粥包子的生活让我抓狂，但现在不得不承认，好像在某种程度上，自己已经被这个地方同化了。

荣格提出过集体无意识观点，就是同类经验在某一族群全体成员心理上的沉淀物。因为有着相应的社会结构作支撑，它往往会成为比经验更深的本能。一旦表现在个体上，就会趋向于普遍一致和反复发生的行为。

我之所以会觉得那位大叔不正常，只不过是身边人都不会为等电梯而着急，即使是商场排队的时候，都能不慌不忙地发呆个十几分钟而已。

且不论它的意义好坏，这就像一个生存模式的范本，完全可以把你不知不觉地纳入轨道。

比如我走在大街上，几乎所有人在眼神交汇的刹那都点头微笑，互相问好，不管认识不认识，总能摆出一副特熟悉特亲切的样子。当置身于某个密闭的空间，比如电梯间、健身房、咖啡馆时，还极有被人拉住唠嗑的可能。从明星绯闻到家长里短，让你几乎错觉自己一夜之间魅力爆棚，成了人群中的吸铁石。

真相是，人人都是吸铁石。

社会是最好的驯化师，不用拿着书本逐字逐句地教授，也能让每一个人成为其中的同类项。你会非常自觉地明白什么是符合大众审美，什么是有逆于广泛的观点。当进入一个新环境，必然会需要一个过程来完成更新换代，我们管这个叫，适应。

反之，如果你坚持己见，不但别扭，还会被认为是不合群。这就麻烦了，一个不合群的人如何能在芸芸众生中与他人和睦相处、共荣共生呢？因此在这之前，无论是谁，都会死死压制住心里那些新奇的玩意儿，将群体认同的模式当成坐标来遵循实践。

几乎我所有国内打拼的朋友，都把买房作为人生的第一要务和奋斗目标，不然怎么办呢？男的没房还娶得到老婆吗？新婚姻法出台以后，就连女的都觉得有必要给自己置备一套房以防不时之需了。让我们再把时间退回到我们工作前，包括我在内，考证简直成了在校学生热火朝天投入的一项运动，简历上居然还有专门的领域让你展现证书专长，好像没有一证在手，就无颜见江东父老了。

趋同性本身没什么可批判的，毕竟它能抑制社会阴影，维护现代文明。问题就在于，你并不知道这样的选择是不是最合适，或者说能不能让你本人得到足够的成就感和愉悦。我们想表现出与他人的接纳，为了不让自己看起来像个刺儿头，在舍己为人的过程中养成了取悦性人格，这种特质就像在关系中上了一层保险锁，不但能让大家安定团结，减少异见和分歧，还能在群众演员加固人格面具的进程中贡献自己的一份力。

不光是江山社稷，就连日常生活起居，安全都是一个呼声很高的议题。

正因为是基础，才值得坚决维护。可盖房子不能只打地基，分清原始需要和更高追求才是进化的核心内容。至于什么才是更高追求，要取决于你想过何种生活，以及，想从生活中获取什么样的感知。在这些问题上，集体并不能给我们提供答案。

06

人生如戏，狼狈未见

我一直觉得，每个人都有必要跟自己建立一个长期有效的对话机制，以便在这个动荡的世界里负隅顽抗。

既然这里留不住，那就往前走

既然这里留不住，那就往前走，别再回来了。18个月前，我在一段密集的时间里吃了很多顿散伙饭，而这句临别感言，每每想起都像一口气吞了一包绿皮彩虹糖那么酸。

在香港六年，从研究生到第一份工作，城市就像一个人的初恋，懂事的不懂事的都交给了它，甘心的不甘心的也都搭了进去。在谈论的时候，不可避免地带着复杂的主观情绪，以及没法漠然的柔软表情。

现在想来仍然感谢那段时光是以读书为起点，眼睛里看到的所有东西都是充满人情味和想象力的：第一次见同龄人站成一牌，齐刷刷合唱《狮子山下》；第一次去街角小店吃烧味，用杯子里的热水涮碗筷，器皿碰撞得噼啪作响；第一次知道洋楼和唐楼的区别，走在普普通通的街道上，原来港剧里都是骗人的。幻想偶遇明星，结果有一天在又一城跟素颜的朱茵擦肩而过，后来在尖沙咀还撞到了谢霆锋。

这片神奇的土地，到处都是让你似懂非懂的语言，就算没学过，时间久了也总能猜出个一星半点儿来。它让你觉得自己是、或迟早会变成其中的一份子，但冥冥中又有说不清的生疏感，因为所有的相似，到最后都不尽相同。

之后，我毕业、工作，身边渐渐有人开始离开。时间越久，走的人越多，践行永远是聚餐的最高主题。很多人对我讲，这里太小，容易忘记梦想。也有人在这里一扛就扛了七年。前些天一位刚拿到永久居民的朋友发了一条状态说：七年的青春，只用二十分钟就换来一张纸。

城市对一个人的捆绑和培养，只有你的青春最有发言权。我跟很多人一样，在最一开始时不知道是要选择矛，还是盾。即便在上班后领略了它的窘态，在挤地铁、换房东的时候骂骂咧咧摔摔打打，却始终没放弃感化它，和被它感化的过程。一个人独自到外面闯荡，搁古代也就是迁徙的自然选择，一到现代就变得脆弱不堪。上班跟人斗智斗勇，下班回家自给自足，中间穿插换工作、换室友的糟心附加题。有病吃药、排队交款最考验不同情境下单枪匹马的心理素质，同时还要面对没人可恋、没圈子可进的郁结，真是一副生机勃勃、歌舞升平的模样。

离开的时候，一个朋友说，真羡慕你的潇洒，我在这儿拘着，心里没一分钟不难受的。可多妈供我念书，总觉得要干出点儿名堂才行。快乐、钱、爱情，要啥没啥，还得死命耗着等身份。想辞职却不敢，怕时间一断，再办签证接不上，这么多年就前功尽弃了。

听得我脑门三道黑线闪亮登场，总觉得自己是个没毅力、没追求的败家子。可不厚道地想，就算等来了某个得以安慰的凭据，又能证明什么呢？跟耗费的时间和精力相比，难道真指望别人给你盖戳画押来担保你后世无虞？走和留都该皆大欢喜，只不过前提是，没人逼你。

少小离家老大回，年年岁岁烦恼相似。于是才有了北漂、港漂等各种漂，外面的世界能放大所有的好和坏，让你爱着和恨着的时候都咬牙切齿。有时候想藏起来，有时候想跑到最前面让所有人看到。可终究只有日复一日的才是生活，大家都在一个游乐场里打零工，你所看到的摩天轮并不代表全部的仰视，就算是小飞象里，也能发出无与伦比的尖叫。

这里承诺你的，同时也在欺骗你；它能给你的，也是从你身上掠夺来的。安定感是一种非常强大的自我强化能量，你真的无法从他处获得。

在机场，想到很久很久之前也曾降落在这片土地上，原来所有的地方，旅行和生活起来都那么不一样。

这是一座夸张的城，不断重复着一切，好让人们记住自己。

我十分确定，以后自己会怀念香港的所有食物，从米其林餐厅到老派的茶楼。那个时候的鸡蛋仔，油纸袋里包着一个个热乎乎、脆生生的念想，还有大个儿蓬松的菠萝包、滑嫩香甜的红豆双皮奶，我对它的记忆连着舌头直通胃，这是人生中最实在的提醒。

所以现在，每看到一些新闻都让我没来由地胃疼，当年占领中环的时候没敢去看，突然又跑出一个旺角黑夜来打砸抢烧。真不明白为什么别人都不舍得祸害的地方，倒有人下得去手千刀万剐。对待自己家都能这么残忍，看来最有慈悲心的，反而是匆匆而过的路人。

照片中它满目疮痍，强大的陌生感呼啸而过。身在其中的时候斤斤计较，离开了便只记得它的好。地球那么小，在哪儿都不重要，重要的是能不求甚解地相互依靠。

卡尔维诺说，城市就像一块海绵，吸汲着这些不断涌流的记忆的潮水，并且随之膨胀着。

没有谁完全属于或不属于一个地方，我们跟它的关系，不需要占有，也真的没有必要因为停留的时间而较真。待过、努力过、气喘吁吁过，许许多多真实的印记已经粘连在你身上，这就足够照亮你以后的生活。

我把一大批东西留给了还在这里坚守的朋友们，有半人高的除湿机，也有刚开封的家庭装洗衣液。收拾的时候发现，家里竟然有那么多东西都是别人留给我的，一件件数过来，拍了一张又一张照片传给现在天各一方的他们，可恨这帮没良心的，好几个人都忘得一干二净，非说自己当年把所有东西都扔了，什么都没留。

没有不奇葩的上司，只有揣不明白的职场

当你犹豫着要不要辞职时，上司的奇葩程度往往会成为你下定决心的关键因素。

说到这个词条，博大精深的汉语有很多种表达方式，比方说领导。当然跟洋气的上司相比，领导会让人立刻联想到国企资料室里翻着毛边儿的黑白照片，总有装腔作势之嫌。在距离感方面，也不如前者游刃有余、可进可退。但事实是，每个上司心中都住着个灼灼其华的领导，他们巴不得被这么称呼，为的就是那份仪式感和威严。听听，领导。这词儿一出来气场就被铲平了，散兵游勇们必须稍息立正站好，敬礼以示尊重。当然也不排除有些附庸风雅的管理层，天天做着跟下属称兄道弟打成一片的春秋大梦，他们偏好的称谓是"我们头儿"。

曾几何时，身边的朋友一聚会就自动组成"吐槽上司俱乐部"，我也不可避免地当过续费会员，贡献过好一阵子跟餐特饮。在那段对酒当歌的岁月中，对上司的口诛笔伐成了分辨同类异类的基本形式，也多亏了他们的极品表现，让你畅饮时省下了好几块钱的花生

米特效。

可以理解，多数人坐上这把交椅都难免心比天高，极度需要他人肯定。可自诩为上帝手中完美的艺术品就有点过了，再遇上个有强盗逻辑的，他布置的任务你就是完成得再天衣无缝也能被挑出瑕疵，目的是证明在相同空间里，人家有本事比你多出几个次元来出类拔萃，这种自信变成支点是可以翘起整个地球的。总结起来就是，他们家筐里绝无烂杏，猫猫狗狗都是贵族血统，连QQ都要黄钻的！

与之形成强烈对比的是先礼后兵型。最初慈眉善目得让你赞不绝口，不仅大方得体，还对下属慷慨赏识。奇怪的是，随着接触变多，他们脸上的晴雨表就愈发难测，引得你脚底抽筋，直发虚汗。这种通常会演变为俗称的欺软怕硬，依照小兵们的难搞程度随时完成从东北虎到维尼熊的一键转换。到了关键时刻只求速逃，下属生死诚可贵，明哲保身价更高。

可这几年，抱怨声明显减少。想是大家的角色都发生了微妙变化，有的人还情不自禁地成为了地方阵营里的中流砥柱。再回头看，发现吐槽对象不只有参与性，更多了观赏性和趣味性，好比一个个深藏不露的瑜伽选手，有着非同常人的伸展度和柔韧度，能屈能伸，可谓力与美的完美结合。

练过的妹子都知道，想让身体在非太空环境里九曲十八弯，万不能使蛮力。这跟上司的操练步骤相似，别指望这个过程直来直往。他们真不瞎，也更不傻。很多东西明明看在眼里，却要若无其事地大摇大摆走过，以观后效的同时心里也在盘算着某个机会的截止日期和年限，一旦超过就会突然下达判决书。你以为是措手不及的，其实全来源于日积月累。

都说职场就是秀场，也不尽然。关于什么东西能明说，什么问题要打暗语，什么规矩心知肚明就好，什么情况禁止打草惊蛇，都没有说明书来给你明确标识。要是不分青红皂白，上来就灯光音响全开，估计也活不过第二集了。从俯视的角度看，下面的小一辈确实需要在投石问路中提高觉悟技能，也是未来踢馆晋级的必要步骤。

很多选手是一步步晋级上去的，但也不意味着权倾朝野。有次我无意间加入到上司们的饭局里，有幸听到平时指点江山的一群人的哀号遍野，每提到一个更大的 boss 都会气不打一处来，群起而攻之，那场景真是滑稽又梦幻。昨日重现中惊觉，原来平时看到的老大，还要面对更多老大。在体会人间疾苦这方面，无论长幼，人人平等。要按舒心指数划分，好歹我们光脚的不怕穿鞋的，他们才是上有老下有小的裹脚媳妇啊。

关于上司能力胜不胜任的问题，总会引发真理标准的大讨论。在我看来，工作上的业务技能、待人处事可不是考雅思、托福，作文满分也保证不了你年终奖稳拿。有的上司不会打仗会用人；有的此生 bug 无数，架不住上辈子投了个好胎。这个保留曲目虽然遭万人唾弃，其实最公平不过。你没日没夜赶出来那点儿业绩，怎么跟人爹爹的一句话比？两代人的贡献叠加，搁你是老板也要给凤冠霞帔吧？所以乖，抱怨不能当饭吃，还是现在好好努力，为娃的以后争取点儿分数实在。

说句非常主流的话，发光体是藏不住，也捂不住的。

当了兵就别再对头儿品头论足，这是增强职场幸福感的准则。当然，入伍前还是有选择权的，只不过大多数人运气都没好到那个程度，能由着性子初出茅庐就挑肥拣瘦。

不过有一点，如果遇到了以下极品，就别奢望达成共识了。

这类人看多了宫斗剧，特别乐意亲身实践帝王术，专射职场暗箭。估计上辈子一直没见着安全感长什么样，导致今生不能放任一点儿权力的流失。典型特征就是会 cosplay 古代君主，搞几个心腹，弄几个帮派，扶植一下打压一把，力求营造一种天下为公的平衡氛围。如果玩砸了养虎为患，就只能控诉对方以怨报德良心着魔，人前表现得不计前嫌，人后恨不得回家去扎小人。

这样的公司里每天都会上演职员互相猜疑又卖命向主管献殷勤的一幕，人与人的关系稍不留神就鸡飞狗跳，他们隔着玻璃观赏，喝着茶水嗑着瓜子，一边点头一边微笑。

若真的不幸狭路相逢，那也别分析考虑了，早撤早超生。

所有依赖癖，都是该戒掉的瘾

春节的华盛顿分外的冷，于是我决定去靠近赤道的地方跟阳光厮混几天。

目光瞄准墨西哥西加勒比一带，旅行方式首选懒人度假神器——邮轮。大过节的，省时省心又省力，几千人在一个移动城市上吃喝玩乐，变着花样陶冶情操，上岸就直达目标，便利又精准。

但是有一点，让我不得不做出一个要命的妥协，那就是需要忍受少则六天，多则两个礼拜与世隔绝的生活。海上没有网络，手机只有拍照功能，即便到了陆地也是另外一个国家，很多景点连信号都芳踪难觅。之前试过用船上自带的卫星连接 Wi-Fi，那令人咋舌的昂贵网费，折腾了十几分钟连一条微博还没发送成功，一顿牛排的钱就已经搭进去了。

这次下了狠心，索性一咬牙跟网络来了个暂时性关系冻结。

后来的几天假期，更是从侧面验证了我内心的调适机制和复原功能是多么强大。头两天还在抓心挠肝，担心商业伙伴抛出大单怎么办，编辑大人有新指示怎么办，过年抢红包万一错过了几个亿怎么办……第三天就完全乐不思蜀地游走于各大秀场和酒吧餐馆，在岸上游山玩水更顾不上千里之外的民脂民膏。到了最后几天，一心只想让自然吸附的脂肪哪儿来的滚回哪儿去，于是SPA、瑜伽、冲浪、攀岩……算是把这一年来都养在深闺的胳膊腿儿给集中折腾了个底朝天。

下船过关的时候我整个人原始气十足，仰着脖子看了好一会儿蓝天，肺里的氧气和二氧化碳都完成了好几百轮交换，才想起掏出手机。猛然觉得自己身轻如燕，像戒毒成功的人士般如释重负。

到家之后回了几条留言，当视线和思路都被局限在一个小触屏上时，我突觉没滋没味了，世界压根没停转，找我的不差这几天，红包也是象征意义大于实际价值。倒是有条重大新闻，说科学家探测到了引力波，人类将走进研究宇宙的新时代。作为一个科学盲，我就琢磨着什么时候能靠外力打通任督二脉，或者像手术一样可以自由摘除某种程度上的心理依赖。

对我来说，记忆中最病入膏肓的心理依赖发生在高中，住校生活对手机严查，明明是炫耀物件，反成了偷偷摸摸的危险品，只能在入夜时分屏息操作。那时候我暗恋一个学长，要到他号码之后开始了手脚并用的接近试探，手机成了我生命的活水之源，只有左前方的信息闪动灯才能灌溉我等待中的枯萎灵魂，上课魂不守舍，走路手搭在校服裤兜寸步不离，就差考试也拿出来看两眼了。整个人的注意力排布野蛮凌乱，活脱脱一个青春期地界上的违章建筑。

至此之后，我就吃一堑长一智，告诫自己要适度消费，但还是免不了偶发性热血上头，身边更随时能目击到同病相怜者对一些人和事走火入魔般的依附。

有一个朋友，像误闯毒海一样深陷麻坛，麻将是他人生十一五规划中的发展原则和攻坚目标。不管何时何地，只要有局搓麻，此君必随叫随到。瘾上来时，能下了班就直奔麻友处，张牙舞爪直到天大亮，最后补个两三个小时的觉回去上班。

说到犯瘾，我还得请出一位不同寻常的女性朋友，她在不惑高龄仍孑然一身，只因有个特殊爱好：加班。作为一名企业副总，早过了为取悦别人而汗流浃背的年龄，加班对她来说，已经从职业需求变成了单纯的兴趣爱好，仿佛是她赖以生存的养分。在别的雌性动物恋爱、八卦、逛街的时候，她永远淡定地坐在一栋大楼亮着灯的高层房间里，好像加班可以顺带完成面部鱼尾纹的修复工程，也能让未来的白马王子坐上火箭大变活人地出现在眼前似的。

对此我虽不敢苟同，但也无法指摘。只能说前者在用生命铸就娱乐，后者在用事业活埋生活，当然，陪葬的还有她那些可怜的下属们。

我自作聪明地认为，对明明不该投入那么多精力却执着不能自拔的行为，应该是一种动物性的迷失。在分辨和选择的问题上处于进化链低端，只能凭借荷尔蒙的涨停来决定一天中的时间分配。这还只是开始，越到后来剩的越是明知无趣的别无选择，眼见着被自己奉若神明的光环消退，却不肯摆脱那远大于短暂喜悦的折磨和拉扯，心理仍旧不受控制地陷入被动状态，膜拜着裱在床头的首席配额，衣带渐宽终不悔。

东北方言里有个词儿，叫有时有晌，说的是做什么都讲究恰到好处，跟过犹不及殊途同归，寓意绝妙。为什么有些人很酷，那种不从属和不依附的气质绝对卓尔不群，可人家也有自己深爱的人和事业，也有要为之孜孜不倦的爱好和梦想，但却能随时切换到独立理性的状态中，这才是没有死角的自由洒脱。

但我们都是醒了之后才回过神来，等粘在某处的皮肤被撕扯得血肉模糊了才疼得恍然大悟。以为相当重要的事情，过几天看也不过是芝麻绿豆；以为非他不可的人，几年之后早已成为过眼云烟。总是在习惯或者默认之后无限放大某种东西的影响力，以至于常错觉与它们割裂之后，自己就会失魂落魄永无天日，于是像中了邪一样，一定要赴汤蹈火再战几个回合，到头来自己都说不清图个什么，那魂牵梦绕的念想到底值不值。

不着边际的过分痴迷就是这样，打从开始那会儿似乎就注定了往悲剧性质上的演变。再爱吃一样东西，天天吃都会吐，何况是心理或身体上的牵制，发作起来真是生还希望渺茫啊！

想到这儿，我默默点开几个网站，清空了购物车。

有一种告别，总让你猝不及防

康熙来了，终于走了。

得知这个消息后，我的情绪经历了一阵巨大的寒潮，在没有任何应急措施的情况下，日常生活突然因为路面结冰而打了滑。

光阴真是蹉跎，一转眼都闹腾十二年了。从大学那会儿开始，我为了它手不释遥控器，它为了我忠实地插科打诨，考试前缓解我的紧张，失恋后稀释我的悲伤，吃饭间隙、上下班空档，好像一多半的时间碎片都被这档节目以酬宾价科学回收了似的。

2010 年我去台湾玩，每晚最激动的事就是打开电视看无删节版的首播。如今六年过去了，小 S 和蔡康永手拿着相互的画像走出那道门，我早忘了垦丁民宿的模样，却依旧是追忆潸然，眼泪汪汪。

活了这么大，告别早已是家常便饭，但可气的是，冷空气预警从来都是留给那些劳燕分飞或生离死别的，反而是这种隔着几层皮的分开，往往更让人感到错愕和刺痛。

如果这一天没到来，你压根儿不知道自己会有多舍不得。有些人，有些事总是会在二进制的位置上跟你平行相处，简单方便，嘻嘻哈哈。

让你习惯成自然，不假思索地把他们当成生活的一部分，召之即来，挥之即去，顺着同一个抛物线轨迹成长，唯独忘记了他们也要进城落户、脱贫致富的事实。

这真让人没法接受，因为告别从来都是一副理所应当的模样。就像学生时代那个跟你座位呈对角线的路人甲，虽然从头到尾都没说过几句话，可她的存在本身就是一种安慰。春游时看到她，你就知道自己没走丢；体育课抢不到器材，起码能去跳她摇的大绳；打饭被挤得水泄不通，她那厚道的一笑，让你就算迟到也能急中生智地夹个塞儿。然后突然有一天毕业了，当她变成同学录上那一行无关痛痒的钢笔字时，你才意识到，自己连句再见都没好好说过。

住在香港的时候，我楼下是一家很有名的茶楼，祖祖辈辈传下来，开了快一个世纪。早上总有成群结队的阿公阿婆来光顾，里面永远人声鼎沸乱乱哄哄的。我不常去，但每次经过心里都莫名愉快，好像那手推车里的豉椒鱼头，是为有选择障碍症的我而专门准备的，那烧味铺子上挂的叉烧和肥鹅，即使阅人无数也始终安贫乐道，自命清高。

过完春节，它突然毫无预兆地贴出告示，宣布因为某些原因要盘掉店铺。在最后营业的一星期里，我因为上晚班，时间总是对不上，结果到关门也没能再吃上一次那双眼圆睁、怒目而视的豉椒鱼头。

已经记不清是第多少次，人生总要面对这种猝不及防的告别。追了第 N 季的美剧，到头来还是曲终人散，我甚至没法习惯剧中人去出演别的角色。青春期爱到不行非他不嫁的明星，有一天娶妻生子，慢慢淡出了娱乐圈。哦不，这还不是最残酷的，最残酷的是他依然活跃在荧屏，只不过再也没有能稍微拿得出手的作品，反倒是肥腻的肚腩和滚圆的身材，日渐喧宾夺了主。

当初的陪伴有多稀松平常，后来的别离就有多失落彷徨。

那些重要的人，我们至少可以用一个仪式来展示难过和眷恋。在那里，我们是当之无愧的主角，霸着舞台的聚光灯，所有的情绪都释放得名正言顺。哪怕是大哭一场，一醉方休，心中的苦闷都能得来无数的同情和怜惜，也算告慰了此后的孤单。但他们，和它们，就像来的时候一样悄声无息，这种缺席不在你情绪的预演范围之内，连离开都是经过抽样调查最不动声色的方式。对此你既不能突然拉起那位同学的手说，这么多年我怎么就没好好搭理你呢？又不能为了吃顿鱼头伏在茶楼门口号啕大哭。情绪在这时，只要稍微表达一下，就会沦为一惊一乍的神经病。

明明在生活中的顺次排位十万八千里远，只有当画上了终止符你才发现，这地儿竟然没有差额替补，连赶鸭子上架都变得举步维艰。

每当这时，我都有种受风着凉之后的虚弱感，没力气、没食欲、没兴致。吃个药无济于事，看医生更是小题大做。当初以为是隔靴搔痒，结果其实是一针见血。回头看，拼不成完整的音容笑貌，说再见，心里都知道这再见真的就是再也不见了。心里的黑洞无法直接观测，只能间接得知它的存在和影响，周围是标志着无法折返的临界点，跨一步就穿透你的防线，瞬间溃不成军。

人类终究是人类，不是神。肉眼凡胎望不到蓬莱仙境，想要的终究也只不过是互相依偎，围坐取暖。所以每一次，我都只能弱弱地说，别理我，让我睡一觉吧。这时候只有睡一觉，才能当成是告别，兴许醒了之后，他们就能回来了呢。

成长中那个别人家的孩子

写出这个标题，我简直要双手叉腰站上天了。一直以来，在这个问题上从甲方到乙方一条龙的充分体验，让我有了足金足两的发言权。

都说好汉不提当年勇，可我实在不忍心看着自己那功勋卓著的童年就这么被打入冷宫。那时候，三姑六婆只要提起别人家的孩子，我就是让大人啧啧称赞、令同伴望洋兴叹的标杆。孩子身上三块宝：学习好、不瞎闹、吃得饱，我都占全了。尤其是第三条，在大多数父母因喂食问题而一筹莫展的时候，我就懂得了饭菜兴亡、匹夫有责的道理。只要是被我扫荡过的餐桌，基本没有余孽。

记得刚上小学那会儿，奶奶带着我下楼遛弯儿，正好碰上了对面的刘奶奶和她孙女。看到我，她一把就抓住身边那个弱不禁风的小姑娘的手说："你看看人家，一顿饭能吃 30 个饺子，再看看你，吃个饭就从来没痛快过！"

我这才知道，原来能不费吹灰之力吃下去 30 个东北大元宝，是件如此光宗耀祖的事儿，打那时起，街头巷尾就传遍了我的美名。

可不知道从什么时候开始，巨能吃渐渐地就不再那么受人拥戴了。考进全省最好的高中之后，曾经的"把字句"一夜之间改写成了"被字句"，主场优势尽失不说，身边的同龄人更是恨不得都长出个三头六臂来。他们品学兼优、兴趣广泛，竞赛保送个个全能，相比之下我虽然从来也没落后过，但除了滚圆的身材，就再没什么能如此拔尖儿的了。

我的爸妈也经历了一番心理重塑，对他们而言，由俭入奢易，由奢入俭难啊！我就这样时刻跟着"宿敌"们摸爬滚打，几乎是抱头鼠窜地过完了自己的青春期。

说来也怪，原以为独立了，翅膀硬了，这个梦魇也就自然散了。谁想到它竟然新瓶装旧酒，一路穷追不舍。导致我们经常无意识地一人分饰两角，既当孩子又当妈，赶着劲儿要追回童年的记忆。

前些天好友跟男朋友吵架，原因是办公室里跟她生日差两天的姑娘收到了一条卡地亚项链。相比之下，她自己脖子上那条崭新的施华洛世奇就显得异常跌份儿了。几天前还爱不释手，转眼就变成了怎么瞅怎么不顺眼的一块顽石，就连晌午反射出来的光都让她面红耳赤，坐立不安。

这话听得我直冒冷汗，果然别人家的永远是好的，别管是孩子，还是男友、工作、体重三围或者穿衣戴帽。

"比"是个我们从小就有的优良传统，既然不能永争第一，也就只好党同伐异。看着别人姿色中上，嫁得好、工资高、爹妈得力能倚靠，我们心里难免会犯嘀咕。说好的共产主义怎么越来越看人下菜碟了呢？明明自个儿也是奋发图强百折不挠的主儿，可拿出去一对照，立刻就傻帽了。

在这个时候，人人都是折翼的天使，人人都要经历一番挫骨扬灰的自我宰杀，好像不弄清楚谁赢谁输，不找一个靶子出来给自己添堵就是不求上进、贪生怕死似的。只有拿出这台永动机，才叫紧跟潮流，方能在大卸八块之后化茧成蝶，或手舞足蹈，或怒火中烧。

可你说要是不比吧，到哪儿去找这么栩栩如生的参照物？一辈子有那么多关卡和规划，跟自己塑造的宏伟蓝图相比，身边的超速领先更能让你目不转睛，激发出斗争欲和不服输的精神，稍不留神便把它就近当成了唯一坐标。就像去跑马拉松，上来就说要跨越一万米，一听多半就吓软了，可看到别人家的孩子在身边晃悠，还觉得挺踏实，先把赶超 10 个当成短期任务，之后再赶超 20 个，这么一来二去的也就离终点不远了。

但问题就在于，谁的生活都不是一趟马拉松就能解决的。你用小明当事业目标、把小红看作感情榜样，再拿土蛋作人生规划的意见领袖……照这架势，准保培养出一个四不像来。可怜了身边的人还要跟着你一起受苦，不是哑巴非得吃黄连，敢怒还不敢言。

还记得田忌赛马的故事不？人家之所以能赢，是在排兵布阵的时候扬长避短。但攀比这东西正好相反，是无一例外地拿自己的鸡蛋去砸别人的墙，输赢就不论了，光说蠢的程度就能赶超近亲结婚。

张爱玲说，文学向来是注重人生飞扬的一面，而忽略了安稳的一面。这句话特在理，朴素和安稳，谁说不是人生的主要思想呢？追赶是短暂的快感，就像有人在身后突然推了你一把，你带着外力大张旗鼓地上阵，几个回合还管用，可谁都不敢指望在对照和参差中能激发出恒定的张力来。欲望和动能明明应该是直直长起的参天大树，来自于内心深处的认定，如果从一开始就是嫁接的横蔓旁枝，那还不是一股风就吹折了？

　　昨天吃饭的时候表妹跟我抱怨，前些天回家亲戚们又提起我，说着说着就上网观摩起了之前两年的星座节目，还一个劲儿地夸赞说，看你姐，从小到大都这么厉害。她说姐你知道吗，我听着听着就想摔盘子走人了，一直活在你的阴影下算是翻身无望了，这责任你付得起吗？

　　我自知理亏，只能嬉皮笑脸跟她说，咱俩的账算不明白没事，等以后有了娃，别再把他们拖下水就行了。

　　突然想起古时候岳母刺字的故事，幸亏那个时代别人家的孩子尚未流行普及，不然家家户户磨刀霍霍人人刻上"精忠报国"，光是想想我就疼。

这世间山长水远，愿你活得不纠结

每到冬天，我都分外思念两种食物：冰糖葫芦和糖炒栗子。

一冷一热，一酸一甜。推车小贩忙叨得热火朝天，把那么性感的一串薄衣红球递到你手上，咯吱一口咬下去，裂得脆响。旁边大锅忽闪忽闪地冒出飞扬跋扈的热气，一个个滚圆的栗子在里面耳鬓厮磨，偶尔重复着热辣的街舞动作，然后被一铲子装进袋子里，立刻如良家妇女般静默。

糖葫芦要灌着冷风啃才够劲儿，栗子则必须拿回家在暖窝里慢慢地剥。数九寒冬里，不把这兄弟吃上两口就觉得一季都不完整。它们那股神奇的治愈力量，让我总能满血复活。

季节是个魔性的轮回，某种程度上也映照着人的状态，春困秋乏夏打盹儿不是没有科学根据的。而冬天，不管是北方的关节炎还是南方的冻疮，都容易让你的生活跟着一起结冰上霜。好像很多不高兴都能在短时间内批量生产，一直到仓库爆满磕头求饶为止。

更多时候，要真是走到了情绪寒冬的地界上，甭管四季，都是大同小异的生不如死。

就像突如其来的晚秋冰雹、六月飞雪，伤害这种行为总是撑死心狠的，玩死心软的。越为别人着想，越容易把自己套牢，越面慈心善就越频繁遇人不淑。路走得好好的，指不定哪天突然一个花盆砸下来，送你去医院缝几针。日子过得好好的，弄不好就哪个环节山体滑坡，直接把房盖掀了。恋爱谈得好好的，也不知道哪路神仙来了兴致，一把抖出几个小鬼上演一出情场混战。上辈子那些屠夫、恶棍、黑手党幻化成人之后，集体转型成骗子、小人、负心汉、第三者，等等，除了这些被广泛公认的艺名，从手段到动机都比去超市捏方便面残暴多了。

如果自己失败是一气呵成的鼻青脸肿，那被人戳一刀则构成了无法掩盖的难言之隐。

我见过很多次案发现场，没有鲜血淋漓，却是无一例外的尸骨未寒。作案的往往是那个最意想不到的对象，也许曾经还被无上的信任和爱恋加持过，可是光线一暗下来，周遭风云骤变，那把凶器就呼之欲出了。受害者想破脑袋都得不到一个能站住脚的解释，哭和骂都显得平庸恶俗，就算柯南出场也只不过是加深了整件事的荒谬程度而已。

也怨不得阿娇会说，自己很傻很天真。

你我在被伤害的那一刹那都会恍然大悟，只不过这种灵光乍现很快就会被歇斯底里团团围住，演变成不记名的报复或无助。

香港有个地方叫鹅颈桥，就在铜锣湾。那里之所以出名，是因为有一帮眼光犀利、身强力壮的阿婆坐镇，将一项封建迷信活动发扬光大，美其名曰：打小人。

顾名思义，如果你曾经被人伤害暗算过，或者隐隐觉得身边乌云笼罩，有不祥之物靠近，那么欢迎来到毗邻时代广场的这处宝地，把仇家姓名写在纸人上，跟着阿婆烧香祭拜，嘴里还得默念咒语，然后看着她们用拖鞋或者砖块一通狂扁，一直到纸人破烂稀碎为止。最后再生一把火趁热烧了，全套下来，颇有点儿还珠格格请萨满法师进宫的意思。

因为是在桥底，打小人的声音总能传出沉重而憋闷的回响，光是听听，就让唯物主义者汗毛直竖，不寒而栗。

小小的弹丸之地都能累积出这么多愤恨，可见大千世界的罪恶是多么连篇累牍、罄竹难书。所以才有各路江湖郎中纷纷出马，拿出独门暗器，帮你破解昔日之仇。但能让人念念不忘，以至于花钱去找职业行家下咒的，得是啥样的渊源和牵绊呢？就好像撕破脸离婚也得办个庆典，仇人挂了还要立个"唾弃碑"一样，时刻提醒你曾有过如此这般铭心刻骨的不堪经历，无论未来如何，都将与之不共戴天。对，还有一句特别通俗的旁白，叫，我跟你没完。

跟凶手们当初雷厉风行的拔刀相助比，这行为真是太没品、太不痛快了。

怨念能让人不美丽，这是真的。心里一旦被负面情绪侵吞太久，就容易滋生出暗黑系的细菌，令你从头到脚都散发出一股陈腐、压抑的气味，久而久之，就离哥斯拉不远了。

我从不劝人原谅什么、宽恕什么，毕竟本人的心胸见识都有限，还没有那么仙风道骨的觉悟。见过身边最不可思议的原谅，是朋友老婆出轨，他在一家心理诊所居然偶遇了情敌的前妻，两人一来二去产生了同病相怜的情感，然后喜结连理。后来他发短信说，在梅开二度的那一刻，他觉得自己跟前任终于达成谅解了。

在我看来，这种单方面的表达非常牵强，你说谅解怎么能叫"达成"呢？这字里行间都透露出一股偷换概念的味道，再品品还有种交易感在里面。形式主义一下子就把真实想法出卖了，还何苦去自欺欺人。

从涉世未深到饱经风霜，这个过程本身就足够沧桑了，真的无需任何附加信息来呈现它的曲折。那些曾给过你当头棒喝的人，不管是出于无心抑或有意，终究已然颠覆了整个事件的走向，时间的轮盘转不回去，哪怕是给他碎尸万段，仍旧无济于事。

能不能释然，跟伤害程度固然有关，最终的决定因素还是未来走向。跟情敌换偶这种创意，若真换来了既往不咎，也是物有所值。从更常态化的角度看，那些否极泰来的人早没心情去惦记那些老旧的过节，只有当人内外交困的时候才会忆往昔潦倒岁月稠。顺遂者日渐春风得意马蹄疾；倒霉的人长叹屋漏偏逢连夜雨，连夜雨后再遇冰。

最好的办法就是根本别在乎，冬天难熬，打几个冷战也就过去了。过分渲染情绪容易招致寒潮，该庆幸自己还尚存气息和斗志，总不至于返回去硬拉着人家再捅你一次。记忆的功能不是助纣为虐，没听说谁做了噩梦还马上起来拿笔摘抄记录的。

我偶尔异想天开的时候会有个主意，就是有天在桥对面开个糖葫芦和炒栗子摊儿，拽住来来往往的潜在客户跟他们聊天，看看究竟谁更能驱寒解毒、抚慰人心。如果能顺便卖出去点儿东西更好，在吃喝的时候还可以说：来来来，吃一串风平浪静，剥一颗海阔天空。

火警时间里孵化的淡定

我刚在电脑前坐定，楼里的火警警报就响了。

那是一种能让失聪人士都吓得一激灵的分贝，声音凄厉盘桓，节奏胡搅蛮缠，成360度无死角立体声环绕，还夹带着一种耳提面命式的监督感，好像摇滚版唐僧一直在喊"下雨了打雷了快收衣服啊"，更像高中住校时宿管大妈那青筋暴起的拳头，咣咣咣一边挨屋敲门，一边愤怒急切地催你关灯。

在美国，不管何时何地，只要火警铃一响，所有人都必须放下手里的事，马上离开房间跑到楼下集体疏散，不管你是在睡觉、出恭，还是滚床单。这是消防条例，也是公民必须遵守的法规。

出于敏锐的安全意识，大家通常都反应迅速，几分钟内就能看到乌压压一片人聚在一起。如果是白天，通常还能穿戴整齐，若赶上半夜，那就真是无奇不有、百家争鸣了，除了一件外套罩上睡衣的标配，我的朋友还亲眼目睹过裹着被子的身材姣好的小鲜肉，从影影绰绰的提示轮廓中，隐约能看见自己浮出水面的邪念。

接下来的时间，就是等待排查和消防队大驾光临。公寓的烟雾警报器都与当地消防局联网，所以救火车来得还算迅速，但这并不意味着排查工作就易如反掌。像我住的20层高楼，想要弄清楚这鬼哭狼嚎的罪魁祸首，起码也得半个多小时，重者还会拉起封锁带，隔断人流，让你亲眼目睹消防战士们扛着水线冲锋陷阵的场景。

但其实百分之九十的情况都是虚惊一场，美国的警报器有着宁可错杀一百，也不能放过一个的职业素养，也许是谁蹲在厕所吞云吐雾，也许是某种湿气或烟雾作怪，再或者是电源接触不良和我们中国人酷爱的大火爆炒，都有可能让警报器开始工作。

所以这次，我虽然也没当回事儿，不过夺门而出的时候还是近乎抓狂。首先，火警铃响会直接导致电梯无法使用，这就意味着住在17楼的我要一层一层绕着圈儿、马不停蹄地演绎《奔跑吧，兄弟》。其次，我那明明已经喷薄而出的、马上就要照亮整个word文档的灵感竟然被咔嚓一下剪断了电线，我将在接下来的黑暗中丢盔弃甲，不知何时才能完成当初的预设动作。再次，也是今天最不能原谅的，就是厨房还放着热腾腾的咖喱和半锅含苞待放的米饭！出门前我痛不欲生地拔掉了电饭锅的插头，简直无法想象在几个小时后，自己将要如何面对放凉的咖喱以及半生不熟的大米饭们！

悲愤交加里，我想到了生活中那些似曾相识的"火警时间"。前一秒还气定神闲、风度翩翩，后一秒就要面对突如其来的改变。有时候是亲人生病需要照料，有时候是一场演出、一次旅行被迫取消；有时候是公司效益不好要裁员，有时候是飞机晚点遥遥无期，有时候是飞机眼看着就降落了，结果被熟悉的航空管制一命令，就要一圈儿一圈儿在天上排队转悠，死活就是不着地。

这些火警铃要么来势汹汹，要么绵里藏针。它一响，你就只能先目瞪口呆，再束手无策，大脑瞬间空白，心里乱成一团麻。它们把你原本的计划全部打乱，还得寸进尺地让你别无选择，唯有乖乖服从安排。不管什么时候启动听话程序，什么时候恢复原状，你都知道，当初预想的结果，算是一去不复返了。

这毫无准备的当头一棒，就像你一个不小心栽进水里，本能地开始乱扑腾，当然如果动物性更强，那么这时候该轮到咆哮上场了。在我所经历的一多半飞机延误中，都会碰到带头闹事儿的人，本着一颗要跟命运抗争到底的钢铁之心，把机组成员视为头号公敌，开始了此起彼伏的责难和泄愤，最后虽然是口干舌燥情况照旧，但也能混个脸熟，有的还被授予"吃饱了撑的"的雅号。碰到无法在短时间内解决，甚至要影响接下来行程的，就更要命了，甚至让人觉得自己是被上帝陷害了，无论如何都不愿接受这个事实，用委屈和抱怨种起一朵常开不败的生命之花。

原本我也打算抱怨来着，但下楼之后憋了半天，深感孤掌难鸣。观察了20多分钟，老美们不仅没有愤怒，反而就地取材聊得挺嗨。楼上楼下握手寒暄，这边厢说哎呀好久不见，你们家圣诞去哪里度假了？那边厢一家三口围成个圈，爹妈抱着一脸天真的孩子讲故事，看起来竟然那么其乐融融！就连面有愠色的我，都能被一个色老头搭讪，当然被夸漂亮这种事，确实对缓解焦躁情绪起到了功不可没的作用。最费解的对话发生在两个中年妇女之间，一开始是讨论商场刚摆出来的当季新款，说着说着居然夸这公寓地理位置好，你看多方便，出门要什么有什么，懒得走还有班车接送。停！我快要听不下去了，这时候不是应该群策群力群起而攻之，合伙不交下个月房租，或者要求减免物业费的吗？！

突然想起一个朋友跟我说过，在美国上大学四年，最盼望的事儿就是考试的时候能响一次火警铃，但很遗憾，毕业论文都写完了，那家伙仍旧趴在墙上纹丝不动。

也许是西方人块头太大，所以心也大吧。

也许所有的插曲和意外，真的就像火警铃，他们还真不是冲着谁来的，但恭喜，总有人把它最当回事儿。

折腾了快一个小时，警报终于解除，结果照例是乌龙一场。大家像看了一场说是曲折离奇但全程尿点的电影，嘴里相继蹦出几个懒洋洋的"切"就上楼了。总结一下这段时间的我，看了两个短篇小说，让游戏小镇升了一级，种了菜扩了地，想想还挺充实。这时候，一个愣头愣脑的男孩跑进大门，一看就是趁这空档出去购物了，手里还拎着一盒芝士蛋糕。他跟女友 kiss 了一下，听说没事儿了可以回家，一下咧嘴笑了，举着蛋糕说：Great, let's celebrate!

人生如戏，狼狈未见

所有讲笑话的人，都不希望自己最终变成一个笑话。

在我们自以为足够老道并且坚硬的时候，却依旧免不了要面对各种突如其来的恶搞，那些不管大小都无一例外辛辣的烦恼，总有办法让你在短时间之内，呈现出最错愕惊恐、四脚朝天的状态。大到计划泡汤、新娘跑路、煮熟的鸭子飞了，小到走光跌倒、误闯男厕、在万籁俱寂的会议室里打三个喷嚏……只要稍微回忆一下，类似的画面就会争先恐后地朝你露出坏笑。曾经的它们从天而降，不偏不倚，刚好砸到你的脑袋上，然后，就地开花。

再机智的人也捂不住电梯里的一个饱嗝，如果恰巧刚吃过榴莲或蓝奶酪，接下来就更美妙了。如果上天能赋予我们分身术，此时他一定会毫不犹豫地抽离出来，然后投身于周围窃窃私语的人群中，不时露出以假乱真的嫌弃目光。

日本导演是枝裕和曾表达过一种观点：活着的东西都是很费工

夫的。其实何止费工夫，简直是伤脑筋。就算没人跟你较劲儿，也总会有点乱入的把你玩坏。我敢打赌，如果机器猫真的存在，它的任意门一定供不应求，人人都想在最狼狈的时刻不翼而飞，然后永远、永远都不要跟刚才的事扯上关系。

也有人竭尽毕生所能，拒绝另外一个自己认祖归宗。

简·奥斯汀生前过得特别拧巴，就像每一个写字的人都无法预知自己喷出来的究竟是琼浆玉液，还是一坨屎一样。我们的大文豪在没获得如此至高无上的冠名之前，也一辈子忐忑不安着。一边干着自己认为相当不着调的事儿，一边又找不出更喜欢的营生。所以直到去世，她的每部小说都是匿名出版的。人们纷纷猜测"一位女士"的署名背后，应该是怎样扑朔的谜团。这么言简意赅的隐身法，让英国文学史上又多了一个为人所津津乐道的传奇。

结果远比她想的要好，这真幸运。好羡慕在那个年代还有匿名生活可以选择，避过了很多尴尬和麻烦。而那藏着掖着的秘密非但没丢人，反还给她争了一口气。要知道，搁现在，我们是根本没得选啊！

平日里最无法掌控的那一部分如打脸狂魔，专门在人已经够艰难的长途跋涉中过河拆桥。一百句心灵鸡汤都抵不过灰头土脸的时候给你再来次仰面摔倒。也不怪人一遇着困难，就会本能地狂躁了。为什么过年的的吉祥话里，"万事如意"的应用频率最高？那是因为现实中有太多的不如意啊！

这还没完，在信息流如此风驰电掣的今天，好事不出门，坏事传千里才更难堪。命运偶尔兴致一高，就把你推上前线，还拉着全世界来围观。

比如那个好莱坞男星，莱昂纳多·迪卡普里奥。

跟大多数人一样，认识他还是从《泰坦尼克号》里那个穷光蛋小鲜肉开始的，其实人家早在19岁就已经获得奥斯卡最佳男配的提名了。后来他又接了不少叫好又叫座的戏，同时也变着法地用毒品、暴力、同性恋、神经病等角色刺激着我们的审美和感官。

直到今年奥斯卡颁奖前，全世界恨不得都挥杆起义，把评审团大爷们一个个宰了。才发现，莱昂纳多同学不仅仅完成了从少年到逗比大叔的进化，更是花了22年去给奥斯卡陪跑啊！22年来四次提名均不中，这是一种怎样的感觉？这意味着你每隔一段时间就要被叫到同一个摊儿前，眼睁睁地看着最馋人的"皇家羔羊"肉串烤好，然后送到不同的人手上。他们嚼着千年等一回的限量品，嘴角流油。关键是，最开始你以为自己有份儿，但到最后你却只能闻不能吃！

有一年当嘉宾念出影帝名字时，镜头扫过莱昂纳多，他愣了一下，然后迅速把准备好的发言稿揣回兜里，转头给获奖者送去微笑。那画面戳得人心口窝直疼，不忍回看。

看热闹的都不怕事儿大，把他在奥斯卡上的尴尬遭遇做成表情包和线上游戏，游戏里的卡通形象朝一个小金人匍匐前进，中间要躲过各种障碍和雷达，一不留心就被爆头。如果给世界上最刻薄的调侃颁个奖什么的，这创意绝对当之无愧。

当他终于众望所归地完成使命，大家消停了，魔咒也解除了。我看着眼前的高清屏幕和跟这座奖杯纠缠了22年的这个人，他比谁都平静，说了很多跟气候变化有关的感言。心里大概在感慨，这一页，老子总算翻过去了。

当一个人突然经历挫折，愤怒会主宰情绪，当窘境接连发生，失望感会慢慢占据上风。如果长久的遗憾经年累月，究竟是该持之以恒地伤春悲秋呢，还是将计就计，在荒野中求生？

这问题恐怕会难倒一批人，因为身临其境被火煎熬的时候，人真的极容易哪壶不开提哪壶。正所谓负数要先清零，才能朝正数前进。清零的时间可长可短，关键是你能不能过了心里那道坎儿，主动去跟自己握手和解。

不怎么好看的现在，甚至是有些头疼的过去，终究要伴随我们走到另一个彼岸。直面它们是受洗的过程，只有愿意承认并且接受，才有资格获准看到一个更真实的自己。然而真实并不是包袱，狼狈过也从不意味着丑陋，在某些时候，正是它们才能给予你无与伦比的力量，去跨越那些最难熬的时光。

再回头看时，每个人最感念的，一定不是曾经的灯火辉煌，而是一片漆黑中自己不慌不忙的影子。

过分爱惜羽毛的人，往往更容易受刺激。我们走过的每一步是不是败笔，还真的无法立时判定。美剧日剧英剧都会在你以为完结的时候送上第二季、第三季……人生的剧本则更是跌宕起伏、悬念多多。在这里面，生旦净末丑，每个角儿都不是吃素的，缺了其中任何一个，都称不上完整。至于好不好看，够不够精彩，就看他们什么时候出场、什么时候谢幕了。

{全书完}

后记

打完最后一篇文章的最后一个句号，我颇后知后觉地意识到，在这本书的地盘上，我再也没理由赖着不走了。那感觉像是微波炉"叮"的一声脆响，或是产房里的第一声婴儿啼哭，虽然它们曾如此紧密地从属于你，但在每一次标志性的新生过后，都意味着自然而然的分离和独立。

看了一眼窗外，华盛顿短暂的樱花季刚刚过去，我在追悔和流连中意外迎来了更花枝招展、成群结队的郁金香。大自然以一种格外傲娇的姿态向我阐明：永远没必要为前途未卜的占有而劳心伤神。

在过去的几个月里，我以一种与世隔绝的决心开始了每天在电脑前的签到，灌了很多瓶酒，喝了无数杯咖啡，吃了一顿接一顿的鱼头。然而事实非常顽皮地推翻了预设，我发觉自己需要更多交流、更多行走、更多体验来汲取养分，以保证自己出产的作品是水灵灵、饱满香甜的。在你跟它眼神交汇的那一刹，最好冲动地伸出手，捧起来拍一拍，有韵律地在它肚皮上敲出一声声脆响，端详着表面的纹理和足金足两的个头，然后心满意足地扔秤上说：老板，就它了！

最好能解渴消暑，如果随着时间的蹉跎又恰好多了点暖心御寒的功效，我就更感欣慰。

冷和暖之间，变换的是四季，死磕的是人心。那些柔软的漏洞啊，既容易攻克又难以说服，若能一见如故，酩酊大醉又如何，反正，生活从来都宽容任性的人。

在动笔前，我很怕记忆没完没了地续杯，会造成味觉失灵、审美疲劳。幸运的是，周围络绎不绝的邀请卡让我脚不沾地喝到饱，如果用"有的""有的""还有的"造句，简直门类齐全到可以让收藏家们奔走相告。在书中的每一个故事里，都有他们千头万绪的感怀和情到深处的剖白，那么多的人和那么多次历历在目触电一般启动了的回忆的开关，要么遮掩，要么羞涩，要么大摇大摆。我努力捕捉着其中的颤音，不带一丝一毫的犹豫和停顿，生怕误了某个变调，就错过了更有生命力的演奏。

我试着加工、试着还原、试着跟他们走得更近或更远，以便能够看得更清。我不依不饶地尾随着生活，管他是衣衫不整还是挺胸抬头，都统统一字不落。有很多的告白耀眼而明亮，也有不少的悔意远隔重洋。大概，正是因为这些与困惑交织的经过，才有了成长的显示屏上，那一个个独一无二的进度条。

很多时候我都在想，提及往事究竟是一种怎样的行为？诚然，这里有不止是"挖坟党"们才懂的辛酸，不管是谁，无论如何，都要在已发生中寻求解释和解脱。在未醒来前，总有那么一段时间，我们同时经历着痛不欲生，用同一张生无可恋的脸去自作自受。然后在某一天，当这些淤青有了碰面和交集，当你在痛骂自己或如梦初醒后，看到另外一个寂寞的影子，是不是也很想走上前，跟她说说话？

所谓幸运，永远都不是锦上添花，是及时而至。最大的彩头，莫过于在某个节骨眼儿上，把执迷不悟的高危动作变成了有惊无险，当嘴里终于可以轻轻吐出"险些"这个词时，那才是如获新生。

如果每个人都能用自己的一部分去医治另一个人的伤，那是不是痊愈的过程就会更轻松愉快，更易如反掌？

让我备受鼓舞的是，我们每一个人都没有放弃经历，放弃尝试。就算结果各有不同，也总不至于抱憾千秋。

依旧要不能免俗地表达感谢，感谢家人和朋友长久以来对我的支持，感谢编辑珊珊的辛苦工作，感谢微博、微信上粉丝的热情和惦念，也感谢自己一往无前走过的那些日日夜夜。一路上遇到了太多的惊喜和感动，写作是一场对话，一趟旅行，是给所有人的情书。山高水长，愿我们此后还能互抛媚眼，不厌相看。

这里没有成功学，也没有对失败者的断言，无论是自我还是爱情，我们都在用一个个鲜活的经历充实着人生的表情包，嬉笑怒骂，无敌如它。

希望看到这本书的你，可以在许许多多的徘徊和割舍之后，找到一种更温暖的行走方式，夜里不怕黑暗，白昼无惧强光。